同居人は猫かぶり？
～(元)ヤクザは好きな人に愛されたい～

Katagiri Barbara
バーバラ片桐

CHARADE BUNKO

Illustration

れの子

CONTENTS

〔一〕

秋山士倫がしばらく抱えこんでいた海外の大きな仕事の、後始末のための書類を仕上げたときには、すでに日付が変わる時刻になっていた。

秋山は、ふーとため息をついて立ち上がる。

あと少し、あと少し、と時間を引き延ばしていたのだ。

気づけば、自社ビルの大きなフロアには、秋山以外に誰もいない。

秋山が勤めているのは、世界を股に掛ける日本の大手商社、矢英商事だ。残業時間削減が推奨されているから、自分がいるエリア以外は、明かりも落とされている。

慌ててコートと荷物をつかんで会社を出た秋山は、終電の時間を気にしながら乗り継ぎ、どうにか自宅のタワーマンションがある最寄り駅までたどり着いた。

いつもは駅前からまっすぐ伸びる大通りに沿って、五分ぐらいのんびり歩いて帰る。だが、駅の左手に広がる繁華街を突っ切ることにしたのは、解放感に満ち満ちていたからだ。

一国の電気事業を左右する大きなプロジェクトは、ようやくこれでカタがついた。すでにその国で、完成祝賀パーティが開かれている。だが、今日で書類の始末まで全て終えたのだから、一人でささやかな祝杯をあげたい。

そんなふわふわとした気分で繁華街に入りこみ、どこか雰囲気のいい店がないだろうかと探していた秋山は、不意に右肩にドンという衝撃を受けた。

同時に「気をつけろ！」と罵声（ばせい）を浴びせかけられる。

「すみません」

反射的に謝ったのは、自分がよそ見をしていたという自覚があったからだ。

秋山は欧米人と並んでも遜色（そんしょく）のない長身だったから、ぶつかった相手のほうが衝撃は大きいだろう。そう思いながら振り返ると、そこにいたのはいかにもガラの悪い男だった。髪をとさかのような形にそり上げ、金色に染めあげている。

その若者がいきり立って秋山の前に立ちはだかるのと同時に、さらに秋山の左右をガラの悪い二人の若者が固めた。

——あれ？

何かよくない空気を感じ取る。

どの男もさきほどの男と変わらない風体だ。鼻や耳にいくつものピアスをつけて、威嚇的な格好をしている。

十代か二十代そこそこに見える彼らは、獰猛（どうもう）な気配を全身から漂わせていた。

秋山はスーツとネクタイに、冬物のコートを重ねた姿だ。上品な商社マンスタイル。武器といえば数カ国語を流暢に操る語学力であり、その国の習慣を学び、名刺の差し出しかたに長けて、その国のVIP相手に交渉するタイプだから、彼らとは野性味が違う。

一瞬、鼻白んだ秋山に、ボスらしき一人が勢いよく鼻面を突きつけてくる。

「おい。おっさん！　いてえだろ！　治療費払えよ！」

まだ三十そこそこだから、おっさんと言われたことに内心でショックを感じていた。これは因縁をつけられている、ということなのだろうか。面倒だけは避けたくて、ここでの対処法を考える。

「すみません、急いでますので」

「だから、治療費払えって言ってるだろ！」

彼はいきり立って、コートまでつかんでくる。

それは、とっておきのブランドコートだ。汚されたり、破損されたりしてはかなわない。だが、下手をしたら殴られそうな気配もある。ここは、さっさと金を出したほうが無難だろうか。その場合は、どれくらいが適切なのか。

海外でのろくでもないタクシー運転手に捕まったときの額や、まともではないガイドに当たったときのチップ額。そんなものが一気に秋山の脳裏に浮かび、このケースではどれくらいが相場かと考える。

あまりに少額では、バカにしたと思われてさらに相手はいきり立つだろう。かといって数万の金を渡すことで、彼らに成功体験を与えたくはない。同じ被害が増えても困る。

――ううむ。

悩みながら、軽く頭上を振り仰いだ。そこに、住んでいるタワーマンションがあった。丸の内にある会社からさほど遠くないところにあるタワーマンションを買ったものの、当時は特に治安は悪くなかったはずだ。買ってすぐに、海外に五年ほど行っていたのだ。五年前には、この繁華街も平和だったはずだが。

そんなことを考えながらも、相手を刺激しないように、秋山はできるだけ穏やかな声を発した。

「治療代というのは、いったいどれくらいを想定していますか」

治療代や金額を具体的に口にした場合は、脅迫罪でのちのち訴えることも可能だろう。だが、証拠を残しておくためにポケットにあるスマートフォンの録音機能を動かしておく必要がある。だが、秋山はそれらを指先で操作できるほど器用ではない。

――スマートフォンを壊されたら、その修理代のほうが高くつきそうだ。

「すみません、と、お詫びするだけですませたいのですが」

提案してみた途端に、また怒鳴られた。

「ふざけんな、おっさん！　詫びじゃねえよ、金だよ、金！　持ってんだろ！　とっとと出しやがれ！」

おっさん、という言葉が、あらためて秋山の心に突き刺さる。

祝杯をあげようとしていた気分が台無しだ。

もう金を払ってこの場を終わらせようと、秋山はコートのポケットから財布を取り出そうとした。二万ぐらいでいいだろうか。

だが、そのときに割りこんできた声があった。

「てめえ。誰に許可取って、ここでこんな商売してんだよ」

いきり立った若者の声とはまるで違う、硬質な声だった。低く落ち着いていて、無視できない迫力がある。この声の主は本物だと、反射的に思った。

思わず顔を向けた秋山と同じように、若者たちも驚いたようにそちらに顔を向けていた。

立っていたのは、黒のスーツに同色のコートを重ねた、姿のいい男だ。少し長めの黒髪に、鋭(するど)い目。何より印象的なのは、その目だ。

少年たちが犬だとしたら、彼は獰猛な狼だと、反射的に思った。

彼はコートのポケットに手を突っこんだまま、ゆっくりと若者たちに近づいてくる。

一歩ごとに増していく恐怖に我慢できなくなったのか、若者が怯(おび)えた声で叫んだ。

「てめえ！　何者だ」

「てめえに名乗る名前なんぞ、持ち合わせちゃいねえよ」

静かな声だったが、発せられる殺気に若者は耐えられなくなったらしい。

隠し持っていた鉄パイプをいきなり長く伸ばして、奇声を発しながら彼に殴りかかっていく。それを見ていた秋山は焦った。そのような凶器を使うなんて、反則だ。

——警察を……！

駅前交番まで、2ブロックの距離だ。

動けないでいるうちに若者が鉄パイプを両手でつかみ、彼の脳天めがけて振り下ろした。

だが、彼はそれをあっさりとかわすなり、若者の腹を蹴り飛ばした。

「ぐおっ！」

かなりの勢いで若者がぶっ飛ぶ。大して力がこめられているようには見えなかったが、それなりのダメージがあったのだろう。

地面に転がった若者に彼が近づいたが、若者はうめくばかりでまともに動けないらしい。

彼は靴の先でごろりと若者を仰向けに転がすと、喉に革靴を乗せてぐっと体重をかけた。

「だから、誰に許可を受けて、ここで商売してやがるんだよ！」

激してはいないのだが、逆らいがたい迫力がある。

格の違う相手だと、ようやく若者は気づいたらしい。両手をあげて降参のポーズを取りながら、震える声で聞き返した。

「すみません、……どこの組の……っ」

「組だぁ？」

いかにも不機嫌そうに言われたので、さらに若者は震え上がって頭を抱えた。

「すみません、すみませんすみません……」

ひたすら平謝りしてくるのを見て、彼は若者から靴を外す。それで許されたと察したのか、若者は地面を這いずるようにして身体を起こした。そのまま、彼の目から隠れるように小さくなって、いきなり走って逃げ出す。その背に、彼は浴びせかけた。

「二度とこの辺をうろつくなよ！」

若者の二人の仲間も、いつの間にか雑踏に姿をくらました。

若者が見えなくなるまで見送ってから、彼はチッと舌打ちをした。そのまま秋山のほうも振り返らずに立ち去ろうとしたから、助けられる形になった秋山は、慌ててその背に呼びかけた。

「あの、……ありがとうございます」

「んぁ？」

その声に振り返った彼は、秋山を認めてニヤリと笑った。髪が少し長めだから、鋭い目が和むと艶っぽさまでにじむ。

だが、そのとき、ぐらりと上体が揺れた。

そのまま、バランスを崩して倒れそうになったから、秋山はとっさに腕を伸ばして抱きかかえた。

「ケガを？」

そう思ったのだが、ぐっと重みがかかるのと同時に、彼の全身から濃厚なアルコール臭が漂ってくる。

彼は酩酊していたのか、秋山の肩にすがるように腕を回した。すごく酔っているのは、秋山のほうをのぞきこむとろんとした目からもわかった。

だけど、その分やたらと色気があった。同性に欲望を抱いたことがなかった秋山でさえ、何だかやけにドギマギして目が離せなくなるほどだ。

「あの、……助けていただいて、ありがとうございました」

そうは言ったものの、長めの前髪の間から見える切れ長の目に見つめられているだけで、落ち着かない。まつげが長く、とても印象的な目の形だった。さきほどは狼の目に見えたのだが、同じその目の印象がひどく変わっている。顔も小さくてシャープなのだが、脆弱には見えないのは、ひとえにその目がやたらときついからだろう。

真夜中を過ぎたとはいえ、そこそこ人も通る繁華街だ。さきほど秋山が若者たちにからまれていたときに遠巻きに見ていた人々は立ち去ったようだが、それでも道端でこんなふうに顔をつきあわせていることに、秋山は微妙な気恥ずかしさを覚える。

かすかに肩を引くと、彼はそれを感じ取ったのか、不愉快そうに秋山にしがみつく腕に力をこめた。離れられないからこそ、秋山は彼をただ見つめ返すしかない。見れば見るほど、顔立ちのよさが目についた。

頬骨の高いシャープな頬のラインに、まっすぐな鼻梁（びりょう）。少し厚みのある、色っぽい唇。

同性だというのに、やたらとどこか色香が漂う。スーツにコートといった出（い）で立ちだが、サラリーマンには見えない。年齢的には秋山と同じくらいだろう。

何を生業（なりわい）にしている人間なのか考えてみたが、まるでわからなかった。

彼は秋山と目をぴたりと合わせた後で、不意に柔らかく笑った。

若者に相対していたときには震えあがるほどの凄みがあったはずなのに、このような笑みを浮かべると、可愛（かわい）らしく見えるほどの愛嬌（あいきょう）があった。

「てめえは、……俺の好みだ」

声はかすれて、色っぽい。さきほどの、脅しつけるときの口調とはまるで違っていた。愛をささやくときの甘さすら感じ取って、秋山の背筋がぞくりと痺（しび）れる。

ハンサムだと言われることはままあったが、このように正面切って同性から好みだと言われたことはない。どう反応していいのかわからなくて、当惑する。

「ええと、ここはありがとうございます、でいいのかな」

曖昧（あいまい）に笑うと、その反応に興味を引かれたのか、ますます彼が顔を近づけてくる。こんなときの反応が、犬っぽい、ひどく酔っているようだから、仕草が動物っぽくなっているのかもしれない。

そんなふうに考えて受け流そうとしていたのだが、彼にさらに顔を突きつけられたので、鼻が触れた。

同時に首の後ろにも腕が移動して、がっしりと頭部を抱えこまれる。

「ちょっ……」

下手に唇を動かしたら、その顔面に触れてしまいそうな至近距離だった。身じろぎできなくなって、秋山は硬直する。

「……似てるな」

ぼそっと彼が言った直後に、近づきすぎていた唇の表面がかすかに触れあった。

——え？　……キス？

その淡い感触に秋山は固まるばかりだったが、ひどく酔っている彼は、その唇の感触をもっと確認したくなったのか、背伸びをして唇を押しつけてきた。

——うわ……っ！

はむはむと唇を動かされて、そこから広がる痺れに、秋山は息を呑んだ。彼はその感触が気に入ったのか、ますます秋山の頭を抱えこんで本格的なキスに移る。

「……あのっ！」

唇が離れた途端に、秋山は叫ぶ。

道端でこんな通り魔のようなキスを同性から仕掛けられるなんて、考えてもいなかった。

だが、彼は強い力で秋山の頭を引き寄せたまま、離さない。彼は力が強かったから、その腕から逃れられない。

あれよあれよという間に唇を割られ、口腔内に彼の舌が侵入してきた。からんだ舌はアルコールの味がして、ひどく熱い。同性とキスしたのは初めてなのだが、女性とほとんど変わらない唇の柔らかさと、からみついてくる舌の淫らな動きに、あり得ないほどの疼きが下肢まで駆け抜けていく。

どうして自分が彼とキスをしているのか、理解できずにいた。そのキスに煽られて、自分の身体が変調を来すのが怖い。それでも、夢の中にいるかのように、彼のキスから逃れられない。

ようやく唇が離れたので薄く目を開くと、すぐそばから魂まで奪いそうな綺麗な目が秋山を見ていた。

――狼の目だ。

そう思った。

気高く、飼い馴らせない野生の狼。

それが自分を喰らいつくそうとしている。

呪縛されそうになっていたが、だんだんと秋山の身体にしがみついている彼の身体から力が抜けて、ずり落ちそうになっているのがわかった。

「え？　あ？」

何が起きたのかわからないながらも、秋山はその身体を支えようとする。細身だが、ずっしりとした筋肉質の身体の重みがのしかかってくる。その耳元で、慌てて呼びかけた。

「ちょっと、あの……っ！」

その途端、彼が弾かれたように秋山の身体から離れた。いきなり道端の溝に向かって地面に膝をつくから、仰天しながら見つめる。次の瞬間、彼は地面に顔を擦りつけるようにして、大きく身を震わせた。

「おええええええ……っ」

吐いていた。

その姿を前にして、秋山は天を振り仰ぐ。

自分とキスした直後に、ここまで派手に嘔吐されるなんて思わなかった。自分とのキスが、そこまで気持ち悪かったということなのか。

それでも気を取り直して、少し離れた路上に置かれた自販機で水を買って、彼のもとに戻った。

「……どうぞ」

差し出したのだが、彼はうずくまったまま、動かない。

「あの？」

途方に暮れた。

気持ち良さそうに路上で丸まって酔い潰れている見ず知らずの人間を、自分はどうすべきだろうか。


「う……」

目を覚まして、塚元一真(つかもとかずま)は低くうめいた。軽く頭を動かしただけで、鈍痛がズキッと頭を抜ける。

それより気になったのは、自分がどこにいるのかわからないことだ。

——ここはどこだ……?

カーテンの隙間から、朝日が差しこんできている。高級そうなベッドとクローゼットぐらいしか目につかないぐらい清潔に整えられたこの部屋は、どうやら独立した寝室のようだ。

一瞬、ホテルの一室かと思うほど、余計なものがなかった。だが、いくつか私物が出ていることで、誰かの住まいだと気づく。このようにきっちりと整理整頓された住まいの持ち主には、心あたりがなかった。

——誰んちだ？

酔っ払ったあげくに誰かの家に転がりこみ、ノリでセックスすることもないとも言えない。昨日もそんなことになったのだろうかと、一真は記憶を探ってみる。だが、身体には昨日、そんなことをした痕跡(こんせき)は残っていなかった。

男女問わず、ここの家主と寝たわけではなさそうだ。

——ここは、……男の住まいか？

寝具やカーテンの色合い。床や作り付けのクローゼットに、シックな雰囲気。香水や化粧品の匂いはまるでしないことから、性別を判断してみる。

その後で金を持っていそうな男性の知り合いのことを思い浮かべてみたが、彼らは何かと派手好きで悪趣味だ。

こんなところに住んでいそうな、趣味のよさそうな金持ちに心あたりはない。

その相手が誰なのか知りたかったし、ひどく喉も渇いていたし、トイレにも行きたかった。一真はいつまでもだらだらとベッドにいたい気持ちを奮い立たせて、足を下ろす。

部屋から出る際に、カーテンの隙間から何気なく窓の外を眺めた。

その途端、うおっ、と固まった。予想外に、自分が高いところにいることを知ったからだ。

——何ここ？　ここ、どこ？

まじまじと、一真は窓から下界を見回した。

たいていのビルが見下ろせるほど、高い位置にいる。

おそらく、ビルでいえば四十階以上だ。だが、この位置からでも河川敷の風景やそこにかかった橋の形に見覚えがある。

それと、そう遠くないところに線路と駅がある。

そういえば、一真が昨日飲んでいた繁華街からそう遠くないところにタワーマンションがあった。その近くに住みこんでいたから、外を見るたびに目についた。ああいうところは一室一億円以上だと聞いたし、自分とは無関係な存在だと思っていたのだが、もしかして自分はそこにいるのだろうか。

――にしても、タワマンねえ。

ますます自分が世話になっている相手に心あたりがなくなって、一真は首を傾げた。

昨日はちょっとした交渉があったからスーツ姿で出かけて、その姿のままだ。ネクタイや上着はなく、ワイシャツのボタンは上から三つほど外れている。財布やスマートフォンの入ったコートの所在が気になったが、どこにあるのだろうか。

廊下まで床暖房で暖かかったので、一真は裸足のまま、ぺたぺた歩く。キッチンのほうに人の気配があったので、まずはそこに向かった。

――昨日……、何でそんなに飲んだんだっけ？　……そうか。占有の仕事が終わって、金が入ったんだ。だから、ぱーっと昼間っから飲んで。久しぶりの温かいメシが臓腑に染みて、そのまま熱燗中心に飲み続けて。

何せ、鬱屈が溜まるほどアパートの一室にこもりきりの生活だったのだ。

食事もコンビニ食ばかりで、トイレのときだけ近くの公園まで急いで行く毎日だった。

――あー……。頭、痛て。

頭を抱えながら、一真は広いキッチンに入りこむ。

そこも、モデルハウスのように綺麗で清潔だった。システムキッチンを囲む形にカウンターが配置され、そのカウンターの向こうで誰かが料理をしているのが見える。

人の気配を察したのか、近づいていくとその長身の男が顔を上げた。

その顔に何やら記憶が刺激された。どこかで会ったことがあるような、ないような、もやもやとした記憶がある。それをたぐり寄せている間に、穏やかに話しかけられた。

「おはよう」

そんな普通の挨拶をされることは滅多になかったので、一真は一瞬息を呑んだ。それから、ゆっくりと息を吐いて、返事をする。

「おは……よ……」

コの字形のカウンターギリギリまで近づき、そこに手をついて乗り出すようにしながら男の顔を眺める。

――そうか。おっさんに似てるんだ。

幼いころ、近所に住んでいたヤクザに少し似ていた。家に居場所がなかった一真に声をかけてくれて、何かとかまってくれた恩人だ。

「なぁ、植草って知ってる？」

万が一、つながりがあるのかもしれないと思って、まずは尋ねていた。

「誰だよ、それ」

思っていたよりも親しげな口調に、一真はホッとする。

「昔、うちの近くに住んでいたおっさん」

「近くってどこ？」

聞かれて、一真は幼いころに住んでいた下町の名を口にした。すぐに返事がなかったのは、その地に住む知人がいないかどうか、真面目に考えていたからだろう。

「たぶん、知らない人だと思うけど」

「そっか。てめえと顔がどっか似てるから、親戚かなんかかと」

「……植草、っていうのは、母親の旧姓にも、親戚にもいないはずだけど」

そんなことを言いながら、彼が一真がいるカウンターに、水を入れたコップを置いてくれる。喉が渇いているとは一言も言っていないのだが、二日酔いだと察しがついたらしい。

それほどまでに、自分からは饐えたアルコールの匂いがするのだろうか。

だが、そのときに彼とまともに目が合ってドキッとした。

どこか目尻のあたりが優しい。整ったハンサムな顔立ちだ。知的で、品がある。

その色っぽい唇にキスしたい、と思った瞬間、さらに蘇る記憶があった。

――あれ？　俺、昨日……。

このまま、忘れてはいけない気がして、その記憶をたぐり寄せる。

自分はこの男とキスしたのではないだろうか。この男を見たときに植草を思い出し、キスもできないまま死別したのが心残りで、その無念をかなえようとしたのでは。

――うん。何か、覚えてる。こいつの唇の感触。

だが、彼がそれにどう反応したのか、その後自分はどうしたのか、記憶が曖昧だった。

まずはグラスをつかんでごくごくと喉を潤してから、一真はその質問をぶつけることにした。

「俺、何でここにいるの？　……てめえと仲良くなった？」

「昨日は、ろくに話してはいないんだけど」

「え？　だったら、どうしてここに？」

尋ねると、彼は肩をすくめて楽しげに笑った。そんなときの笑顔が爽やかで、ドキドキする。

今まで、一真の身近にはいなかった人種だ。一真が知っているのは、ガラが悪くて口が悪く、さらには口より先に手が出るような乱暴な同類ばかりだ。

「あ、やっぱ、記憶ないんだ」

親しげに話してくれるのも、心地好い。一真は普通にしていても怖く見えるのか、敬語で話されることが多かった。

「ねーよ」

「昨日、酔い潰れて、路上から起きなかったんだ。吐いたけど、病院に運ぶほどには見えなかったし、やたらと気持ちよさそうに寝てたから。ここは近かったし、助けてもらったお礼に、連れて帰ってみた」

「助けた？　俺が、てめーを？」

「そうだよ」

彼はわかりやすく、昨日、一真が彼を暴漢から救ったいきさつを教えてくれる。

酔い潰れた一真から自宅を聞き出そうとしてもかなわなかったので、秋山は一真を肩に担いで、繁華街にほど近いこのマンションまでどうにか連れ帰ったのだと言う。

「重かっただろ」

近いと言っても、意識を失った人を運ぶのは大変だ。

酔い潰れた一真が自宅を教えなかったのは、これといって決まった住まいがないからだ。

荷物は、都心のターミナル駅からそう遠くないトランクルームに預けてある。普段は最低限の荷物しか持たず、知り合いのところを泊まり歩いている。

だけど、キスのことについて、彼からの説明はない。

そのことに引っかかりを感じながらも、一真は一気飲みした水のグラスをカウンターに置いた。もう一杯飲みたいと思っていたのを察したように、彼がおかわりをくんでくれる。

それに礼を言ってから、別の質問をぶつけてみた。

「俺のコートは？」

「ああ。吐いたもので汚れたから、軽く洗ってからクリーニングに出したほうがいいんじゃないかな」

彼がカウンターの端を指し示す。そこに、汚れたコートと、ポケットに入れたあったものが置いてあった。一真のスマートフォンに財布。剝き出しの札束に、キーケース。

──俺の全財産。

一真はそこに近づき、なくなったものがないか確かめた。

ここの家主は金がありそうだし、育ちもよさそうだ。人の金に手をつけることもないらしい。丸めた札束の札の数はこれくらい、と思っている金額とほぼ一致している。

男は冷蔵庫の前に立って、いろいろ材料を出し入れしながら言ってきた。

「よければ、朝食でも、と思って、おかゆを作ってるんだけど。二日酔いでも食べられそうな、梅がゆ。自分でも、二日酔いになったときに食べてる」

いつもは朝食などとらないし、今も軽く胸がムカムカしていた。だが、梅干しのいい匂いが食欲をくすぐる。

一真の目はＩＨコンロの上の土鍋に引き寄せられた。

「それ、二日酔いでもいけそうなやつなの？」

「ああ。吐き気があるのならやめといたほうがいいけど、そうじゃないなら、何か食べておいたら？」

「ん」

「おでこに貼る冷却シートもいる？」

男はキッチンから離れ、甲斐甲斐しく世話を焼いてくれる。

こんなふうに優しくされることは滅多にないだけに、一真は戸惑って、固まった。かまうな、と言いたいのだが、かまわれる心地好さに動けなくなる。

居心地の悪さとよさが、同居するようだった。


男は秋山と名乗ったから、一真も名乗る。

目の前には、茶碗。その中には、ほかほかに煮えたおかゆ。それと、おいしそうなフルーツが置かれている。目覚めた当初の気分の悪さが軽減されて、じわりと食欲が湧きあがってきた。

箸を持ち、おかゆの中に漬物をいくつか放りこんでから、ふと気づいて言ってみた。

「そういえば俺、ちゃんと食器を使って食べるの、久しぶりかも」

すると、秋山がぎょっとした顔をする。

「食器、使わないのか?」

「わけありでさ。ガスや水道が止められてたから、食事は全部、コンビニ飯」

それは本当だ。だからこそ、おかゆを二口、三口と食べ進むにつれて、その温かさとおいしさがじわじわと身体に染みてくる。

――あったかいメシ、うめえ。

しみじみとそう思う。昨日は食欲が抑えきれず、泥酔するまで飲んでしまった。

今日のおかゆも、たまらなくおいしい。特に変わった味付けではないのだが、梅干しの酸っぱさがちょうどいい加減だった。二日酔いの身体に、滋養が行き渡っていく。米もほろほろで、感動するほどおいしい。

「てめえ、めちゃくちゃ料理上手?」

聞くと、秋山が照れたような顔をした。ずっとスカしたようなところがあっただけに、その人間味が可愛らしく目に映る。

「そんなことないだろ」

はふはふしながら食べていると、茶碗はすぐに空になった。おかわりがあるか聞くと、秋山が新たな一杯をよそってくれる。

「ありがと。めちゃくちゃうまいな」

漬物なんて滅多に食べないというのに、それもおいしい。

食べながら、心まで満たされていくのを感じた。テーブルに置かれていた茶色のふりかけみたいなのをおかゆにかけてみると、さらに味わいが増した。聞くと、魚のそぼろだと言う。

食べながら、一真は室内を見回した。

——何か、いいな、ここ。

ファミリー用のようなリビングダイニングに二人だとやけに広くはあるが、部屋の片隅にダイニングテーブルではなく、こたつが置かれていた。その中央に、土鍋を置いて食べている。

こたつと座椅子は何かと居心地がいい。

どうしてこんなマンションに独りで住んでいるのかわからないが、使っていない部屋もあるみたいだし、ガランとした印象があるから、できれば自分をしばらくここに置いてもらえないだろうか。

そんなふうに思ってしまう。

どこかに転がりこんではしばらく滞在するような暮らしを、ずっと続けてきた。仕事に合わせて住む場所を変え、長く同じ場所にはいない。

定住するというのがどういうことなのか、一真にはよくわからないままだ。

家事も全くできなかったが、渡り歩いた知人もまともな暮らしをしていなかったから、今まで問題はなかった。部屋は汚く、洗濯物は常に溜まっていたし、食事も外食か、コンビニだ。

だがこのすみかは、今まで自分が暮らしてきたところとは根本的に違う気がした。

――けど、無理か。

自分のような得体の知れない人間を滞在させてくれるのは、同じく得体の知れない人間だけだ。育ちがいい人間は、警戒心も強い。気楽に一真を部屋に住まわせてくれることはない。

「は……」

一真は小さく息をついた。

暖房のない占有物件で半月ほど過ごした後だから、なおさら冬の寒さが身に染みる。しばらくは、寒さを感じない住まいでぬくぬくしたい。お風呂にもたっぷり首まで浸かりたかったし、トイレのたびに公園まで走りたくない。

――やっぱ、無理かな。

半ば諦めながらも未練があって、一真はねだるような目を秋山に向けてみた。その顔を見ていると、心の片隅が疼く。昔、一真を世界から救ってくれた、近所のヤクザ。成長してからヤクザは世間の鼻つまみものだと知ったものの、彼だけが唯一の味方だった。

――植草のおっさん。こいつ。おっさんに似てるんだ。

だからこそ、彼がまた自分の世界を変革してくれるかも、と期待してしまうのだろうか。特に何か絶望しているというわけではなかったが、疲れていた。人生に癒やしが欲しい。そろそろ、ときめきも欲しい。

「てめえはさ、ここで一人暮らしなの？」

あらためて、聞いてみた。独りで住むにしては、このマンションはあまりにも広すぎるからだ。離婚したのか、結婚するために買ったのか。

そんな質問に、秋山は屈託なく答えた。

「一人だよ。投資も兼ねてここ買ったんだけど、買った途端に、海外赴任になってさ。五年ぐらい、向こうに行ってた。行く前にどうにか引っ越しはすませたものの、戻ってきてから大掃除して、ようやく住めるようになったとこ」

――なるほど。

だからこそ、こんなにもガランとしていて生活感がないのだと納得できる。だが、その山が変な顔をする。

「もったいねーなぁ。だったらいない間、俺が住んでやったのに」

気持ちが思わず声に出た。

他人の留守中に住まわせてもらうことは、よくあった。だからこその発言だったが、秋山が変な顔をする。

見ず知らずの男が言うには不適切な発言だったと一真はすぐに悟ったが、こうなったら何を言っても一緒だという開き直りが生まれた。どうせこのまま終わるかもしれない関係なのだ。

「どうして昨日、俺が住んでるところを明かさなかったか、聞きたくねーの?」

容姿には、そこそこの自信があった。男も女も、この目で見つめれば、気のある相手は落ちる。

秋山ともう少し距離を縮めてみたい。

そんな思いで意味ありげな笑みを送ってみたのに、秋山はポカンとした顔で一真を見返すばかりだ。今の時点では、秋山から気のあるそぶりは感じ取れない。

——ノンケかな?

「何か、事情でもあるのか?」

正面から問い返されて、一真はくくっとで笑った。

昨日、半グレをぶん殴るところを見られたはずだが、あれくらいなら自分の素性はバレていないだろうか。

一真は殊勝(しゅしょう)な表情を浮かべてみせた。

「実は、……前にいたところを追い出されてさ」

秋山は同情した顔を見せた。

「それは、……大変だったな。水道とかも止められたって言ってたけど、どういう事情だ？」

「住んでたボロアパートが競売にかけられて、……出て行けってことになって」

組を辞めて、一真はフリーになった。便利屋という名目で、知り合いのヤクザから仕事を受けて食いつないでいる。中には荒っぽい仕事もあった。

一真は腕っ節のよさで知られていたからこそ、それを見込んでの暴力ベースの仕事が多くある。それでも、警察に捕まるような仕事は受けない。一真には一真の美学があった。

組から離れ、街をうろつくようになって何かと目につくようになったのが、最近の繁華街における治安の悪さだ。

以前は組が目を光らせていたからこそ、シマ内で半グレがデカい顔をすることなどあり得なかった。だが、暴力団が暴対法で縛られ、みかじめ料があげられなくなった昨今では、半グレがヤクザ気取りで繁華街をのし歩くようになった。

その半グレたちが堅気(かたぎ)に暴力を振るったり、特殊詐欺をしたり、麻薬の販売に手を染めたりなど、我が物顔でふるまっているのが、一真には許せないのだ。

だからこそ、堅気に迷惑をかける半グレに限って暴力を振るうことを自分に許している。組織もなく規律もない彼らは、言葉で諭しても理解しない。だからこそ、一真は組からの依頼を受けて半グレを退治する役割なのだ。

そのような仕事が多かったし、ヤクザまでいかないまでも荒っぽいヤツを相手にするケースも多い。

昨日まで便利屋として頼まれていたのは、競売物件の占有だった。

競売にかけられた物件には、元の居住者がいるケースもある。買い取った物件を壊してビルなどを建てる場合には、元の居住者にはそれなりの法の手続きに沿って、退去してもらう必要があった。だが手間だし、金もかかるとして、買い取ったものが荒っぽい追い出し屋を雇うケースも多い。

一真は無一文で放り出されそうになった元の居住者から依頼され、その競売物件に居座ることになった。元の居住者には、まとまった退去金を受け取る権利があるからだ。

敵対する追い出し屋として、ヤクザまがいの暴力的な男が雇われていた。だからこそ、一真は、元の居住者には安全なところにいてもらい、たった一人でそのボロアパートに居座ることにした。

そうして強面の一真がガンとして居座ったことで、競売で買い取った側はそれなりの退去金を居住者側に支払わなければならないと理解したようだ。ようやくその金額の折り合いがついて、一真は仕事を終えた。競売物件から立ち退くことになった。

「出て行けって、その後の始末は？」

だが、詳しい事情を語らずに立ち退きにあったとだけ言ったことで、秋山はますます同情した顔になった。その気持ちに、一真はつけこんでみる。

「住んでたボロアパートをぶっ壊して、でっかいビルを建てるんだって。立ち退きのための金はどうにかもらうことができたけど、まだ住むところも決まってない。……だから、……決まるまで、どうしよーかな、と」

一真はあとはわかるな、と言いたげな目を、秋山に向ける。

自分に気のある男なら、鼻の下を長くして、「だったら、しばらくここにいたら？」と提案してくれるはずだ。だが、秋山はそうはいかなかった。

「そうか。……ま、金があるから、どこにでも滞在できるな」

さきほど、札束があるのを見られていた。

その金があれば、確かにホテルでもどこにでも数ヶ月は滞在できる。

まずった、と思った一真は、今度はストレートに頼みこむことにした。

「金はあっても、新しいとこの敷金礼金とか、今後の仕事の資金にもなるから、できるだけ節約したい。……いずれ安いアパートでも探すから、それまで、……ほんの少しでいいから、ここに置いてもらえねーかな？」

元ヤクザ。

組にいたときは何かとしがらみに縛られてきたが、一人になってからは自由になれた。横柄(おうへい)で乱暴で、どんな大物相手でも尻尾を振らない。だが、そこそこ愛想笑いも、可愛くお願いもできるはずだ。

そのとっておきの上目遣いで、同情を誘うようにお願いしてみた。

「え」

さも意外なことを言われたように、秋山の声が途絶えた。

その結論が出るのを、一真はとっておきの笑顔で待つ。

自分が人畜無害な人間だとアピールするために、一真は部屋の隅にあったコートのところまで行って、丸めてあった札束を持ってこたつまで戻った。それから、秋山の前のこたつの天板に札束を転がす。

「俺の当面の財産。これ、このまま預けておく。ここから宿賃とか食費とか雑費とか、引いて精算してくれる？」

こんな高そうなタワーマンションに住んでいるのだから、秋山は金に困ってはいないはずだ。逆に盗みとか、迷惑をかけられることを警戒しているかもしれない。だからこそ、金を預けて、こちらに危険はないのだと示しておく必要がある。

秋山は驚いた顔で一真を眺め、それから小さく息を吐いた。

「だったら、これは預からせてもらって、後ほど精算させてもらう。部屋が一つ空いてるから、そこを使ってくれ。十一月末まで、って感じでいい？」

あっさりと承諾されたことに、一真は驚く。

「マジ？」

「ああ」

「あ……、その、ありがとう」

同居を許された立場で何だが、こんなにもガードが緩くていいのだろうか。自分は得体の知れない人間だというのに。

だが、じわじわと嬉しさが湧きあがってきた。

——十一月末？

気になってカレンダーを見てみると、あと二週間ほどだ。

本心では、期限を切らずに滞在を許可してもらいたい。

だが、贅沢は言えない。とにかく、月末までもいさせてもらえることを、ありがたく思うことにした。

「じゃあ、月末まで、よろしく頼む。それまでに、家を探すから」

「そうしてくれ」

秋山は軽く笑ってうなずくと、立ちあがって食器を下げる。

それらを素早く食洗機に入れた後で、秋山は空いていた部屋を片付けて、客用の布団などを準備してくれた。

さらに室温の調整の仕方を教えられ、部屋用やエントランス用の鍵を渡されて、その説明を受ける。

そんなふうに、まともに同居するにあたってのあれこれを経由したことはなかったので、一真は新鮮な気持ちになった。

にまにまと上機嫌でいたのが目についたのか、秋山に見とがめられる。

「そんなにも、ここにいられるのが嬉しいのか？」

「そりゃあ、当然だろ」

――何より、秋山と一緒にいられるのが嬉しい。

今まで身近にいなかったタイプだ。

育ちがよくて、清潔そうなハンサム。

一真のことも先入観なしで見てくれて、何故か同居を許してくれる。

警戒心が緩いように見えるのが少し心配でもあったが、信頼してもらっているのだから、その分、まっとうにふるまおうという気になってくる。

――それに、……こいつ、好み。

顔も身体つきも、一真の好みそのままだ。

だが、まだ下心は隠して、慎重に言ってみた。

「夜中に何度も目覚めなくてもいい安全な寝床に、いつでも使える冷蔵庫。それに、温かいご飯とお風呂。トイレのたびに、近所の公園にまで行かなくてすむのは、最高じゃないか？」

居座っていた競売物件では、生活すらままならなかった。夜間、自分を追い出そうとやってくる物騒なヤツらの気配に何度も目覚め、逆に襲ってやったものだ。

そのことも承知で引き受けた仕事だったのだが、やはり一人では大変だった。その思いが、どうしても漏れてしまう。秋山は同情した顔をした。

「競売で、よっぽど苦労したんだな」

「まぁね。嫌がらせのために、電気や水道も止められてたし」

「そんな場合は弁護士を立てて……」

つぶやいた後で、秋山は一真を正面から見た。

「おまえ、何の仕事してるの？」

――うお。今、来たか。

安心しきったタイミングで尋ねられて、一真の心臓はドキリと跳ね上がった。どう答えたら、無難なのか考える。

さすがに、元ヤクザということは伏せておいたほうがいいだろう。せっかく許可された同居話が立ち消えになる。

「……ええとね。昔は会社にいたんだけど、今はやめてフリーの便利屋。昔の仲間のツテで、仕事を回してもらってる」

「仕事内容は?」

「頼まれたら、何でもするぜ? あ、でも俺が納得した内容だけな。法には触れないやつ。それなりに仕事は回ってきてるから、金には困ってねえ」

仕事内容については、答えていない。再度突っこまれたらまたごまかして答えようと思っていたのだが、秋山は別のことがらのほうに気を取られていたらしい。軽くうなずくと、どこか言いにくそうに視線をそらした。

「あと一つ、確認したいことがあるんだけど」

「何?」

「昨日、すごく酔っ払ってたときに、……その、……おまえが俺に、……いきなりキスしてきたんだ。それについて、覚えているか?」

おぼろげな記憶をここで突きつけられて、一真はぐっと詰まった。

やはり、自分は秋山の唇を奪っていたらしい。

この質問にはどう答えたら正解なのだろうか。下手な返答をして、追い出されたくはなかった。

酔いのせいにして覚えていないと言い張ったほうが、秋山に余計な警戒心を抱かせずにすむだろうか。それとも、ゲイだと告白したほうが、話は早いのか。

判断がつかず、まずは曖昧に返していた。

「いや、その、覚えているといえば、覚えているような。覚えてないといえば、覚えてない」

「どっちなんだよ」

そんな返答がおかしかったのか、秋山がちらっと歯を見せて笑った。

その表情に、心が緩む。ドキッとするほど惹きつけられた。

やっぱり好みだ、と思ったからこそ、せっかくここに住めそうなこの状況をぶち壊しにすることだけは避けたいと強く願った。だからこそ、曖昧にごまかそうとする。

「……あんま、覚えてねーんだけど？　俺、そんなことした？」

「誰かに似てるって、言ってたような。さっき言ってた、植草っておっさん？」

「……そ」

初恋の人、と一真は小さく胸の中で付け足す。

秋山はそれ以上は追求せず、納得したようにうなずいた。

「一応聞いただけだ。他人の性癖には口出しするつもりはないので、もしそうだったとしても、俺には手を出さないで欲しい。それと、同居中に見知らぬ他人を部屋に引き入れないでくれ。それだけ、守ってもらえれば」

——俺には手を出さない？

そのお願いが、地味に心臓に突き刺さる。

「わかった」

好みだと思った相手がノンケなのは、よくあることだ。しばらくは恋心を胸に秘めたまま友人として付き合って、恋をしたときのふわふわとした幸せな気分を味わう。だが、致命傷になる前に別れて、失恋の寂しさを適当な相手で埋める。

今回も、おそらくはそんなふうになることだろう。

それを思うと、二週間というのはちょうどいい長さなのかもしれない。恋をした幸福感だけを味わえて、本気になる前に離れられる絶妙な期間だ。

何だか人生に疲れていたから、ここらでときめきが欲しかった。そのときめきを心の中に貯めておくことができたら、修羅(しゅら)の道に戻ってもしばらくはどうにかなりそうだ。

〔二〕

「……一真」

そんな熱いささやきと同時に重なってきた胸板は、想像していたよりもずっと分厚かった。

一真の腰に手がかかり、入れられていたものがぬるりと体内で動かされて、ぞくっと甘ったるい疼きが背筋に抜ける。

突き上げられるたびに、快感が下腹で渦巻(うずま)いた。

あ、あ、あ、と突き上げられるのに合わせて声を上げていたはずだが、その声がだんだんと喉に引っかかるようになる。それでも無理に声を出そうとして、不意にかすれた声が漏れたことで、一真はふと目を覚ました。

——え？　……あ、……夢か……。

やけに生々しい夢だった。まだ身体に秋山に組み敷かれたときの重みが残っているように感じられて、その名残を蘇らせたくなる。

たまに、エロい夢を見ることがあった。現実との区別が付けにくいほどの、リアルな夢だ。夢精した下肢のけだるさを感じながら、どうしてこんな夢を見たのか、一真は身じろいだときに理解する。顔から、秋山の部屋着が落ちたからだ。

「ふ、……はは……」

まだ昼間の明るさが残る部屋の中だ。一真は軽く笑ってからスマートフォンを引き寄せ、時刻を確認する。

昼過ぎに秋山の部屋に入りこんだのは、その匂いのする服でもかすめとって自慰をしようとしたからだ。だが、それよりも匂いが染みついたベッドのほうに興味を引きつけられた。

そのベッドにそっと横たわり、秋山の匂いにさらに包まれたくて脱ぎ捨てられていた部屋着を顔にかぶせたのが、今から一時間ほど前だ。

一人で気持ちよくなった後でうっかり眠りこんでしまったのだが、さらに夢精もしてしまった。秋山の部屋着にまでべっとりと汚れがついているのにふと気づいて、一真は弾かれたように震えて上体を起こす。

——やべえ……。

シーツまでは飛んでいないことを確認したが、部屋着の被害は深刻だ。軽くティッシュで拭(ぬぐ)ってみたものの、帰宅した秋山がこれを着たらすぐに汚れに気づくだろう。

——洗濯しなくては……！

そうは思ったのだが、洗濯機の使いかたがわからない。

手洗いして干すことも考えたが、スウェット生地だから帰宅までに乾くはずがない。秋山の部屋着を洗濯したと伝えたら、何故そんなことをしたのか、尋ねられるだろう。

——不自然だよな……。

そこまで考えた後で、一真はある解決策を思いついた。

——いろいろ、まとめて洗濯したってことにすればいいのでは？

この秋山の家に転がりこんできて、今日で三日目だ。

秋山は堅気(かたぎ)の会社員だから、朝の八時前にここを出て、夕方の七時ぐらいに帰宅する。

大きなプロジェクトが終わって、今は残業がほとんどない状態だそうだ。

一日中部屋にいる一真に何ら期待することはなく、掃除や食事などは一通り秋山がやってくれている。

だが、洗濯機を使って洗うぐらいは、自分にもできるのではないだろうか。

——だよな。俺の洗濯物も溜まっているし。

高性能らしきドラム式の洗濯機が、脱衣所にあった。動かそうと考えたことはなかったが、今はその洗濯機にすがるしかない。

——自分の洗濯物を洗濯するついでに、洗濯機の上のかごに溜まっていた洗濯物を洗濯してやって、なおかつ他に洗濯するものはないかと、秋山の部屋に入ってこの部屋着を見つけて、一緒に洗濯したって筋書きでいいんじゃねーの？

完璧な理由づけだ。

気をよくして、一真は洗濯機にたくさん突っこんだ。


一真はほとんど洗濯をしたことはなかったが、洗濯機というのは洗濯物を入れて洗剤をぶちこんで動かせば、あとは勝手に洗ってくれるものだとわかっている。

だからこそ、その行為にためらいはなかった。ただ、ぶちこんだ洗剤がかなり多めで、ぶくぶくと発生した泡がすごい勢いで蓋を押しあげそうになっていたが、洗濯機はどうにか根性を出して最後まで洗濯物を洗いあげたらしい。

洗濯が終わった、という合図の、ピーピーという音が鳴ったので、一真は回収しに行った。だが、洗濯物をドラムから出したとき、目を剝いた。

——何だぁ？　このピンク。

取り出した衣服のうち、白っぽい色彩のもの全てが、どぎつい蛍光ピンクに染まっている。

その色がどこから来たのか、すぐにわかった。一真が普段着用として買っておいた派手なシャツだ。それが色移りしたらしい。

秋山の仕事用の白いワイシャツが、全て可愛いピンク色だ。

——ん……。これはマズいなぁ。

一真はしわくちゃで濡れたままのワイシャツを、両手で掲げて眺めた。一真がかつて組にいたときには、ワイシャツは毎回クリーニングに出していた。だが、秋山は形状記憶のワイシャツを使っているから、家で簡単に洗えるらしい。

どうしたらこのピンクが落ちるのか、一真にはわからなかった。とにかくもう一度洗ってみたら、今より薄くなるのではなかろうか。

そう信じた一真は洗濯物をドラムに戻し、さらに大量の洗剤をぶちこんで洗濯機を回し始めた。

だが、しばらくして異音がしたので駆けつけてみると、洗濯機は中からあふれた大量の泡にまみれ、瀕死の音を立てていた。

——やべえ。これは、やべえ。壊れる……っ。

一真はその前で硬直した。

どうすればこの多すぎる泡を制御できるのかわからない。見ている間に蓋の内側からあふれ出した泡は、洗濯機が載せられていたトレイにあふれ、さらに廊下にまで広がっていく。

電源を切ろうにも、泡まみれで近づけない。無理に手を伸ばしたら、感電しそうで怖い。

——これ、クソ高い洗濯機のはずだよな。

一真はまともに家電の値段を知らなかったが、高価な洗濯機は冷蔵庫ほどすると聞いたことがある。この洗濯機は見るからに高性能で、ピカピカしていた。

——何十万もするのをぶっ壊したら、さすがに追い出されるよなぁ……。

もう手も足も出ず、その場に呆然と立ちつくしたまま、一真は途方に暮れる。立っている場所も泡に押されて、じりじりと退却するしかない。

この三日、いつになく安穏とした日々を送ることができた。

仕事も終わったばかりで次の仕事はまだ入らず、ぬくぬくと好きなだけ寝ては、秋山が昼食用に作ってくれたおにぎりなどを好きなタイミングで食べて、のんびり骨休めしていたのだ。

組と盃を交わすときに、とっくに命は捨てていた。今でも刹那的な生き方は変わらない。

いつ命を落とすかわからない修羅の中にいるからこそ、平穏な日々のありがたみをしみじみと噛みしめていたところなのだ。

——なのに。

ピーピーという警告音はやまないし、床にあふれ出す泡の量は増していく一方だ。

はかなかった平穏な日々を惜しんでいると、玄関のほうで物音がした。出迎える気力もなく、洗濯機の前にいると、秋山の声が響く。

「どうした？　夕食は――」

だが、食事に意識を向ける気力は、今の一真にはなかった。

「洗濯機……。これ」

見るなり事態を把握したらしく、秋山は無造作に泡を踏んで洗濯機に近づき、何事もなかったようにボタンを押して警告音を止めた。電源も切ったらしい。

それから、どこかからモップとバケツを運んできた。まずは泡を床からバケツで直接すくい上げ、その隣の洗面台に流しながら、言ってくる。

「洗剤、どれだけ入れたんだ？」

その声が、意外なほど穏やかなことに驚いた。それでも、怒鳴られるのを覚悟して、身体から力が抜けない。

「わかんねー。覚えてない」

手がすべって、ボトル半分ほども入れてしまったかもしれない。だが、それを聞いても、秋山は怒らない。それどころか、柔らかく笑った。

「そっか。いつもは、蓋一杯ぐらいでいいからな」

その口調に怒気がこもっていないことが、一真には信じられなかった。

一真が育った家では、何かで失敗するたびに容赦なく怒鳴られ、殴られた。だからこそ、下手に家事に手を出して怒られるより、何もしないほうがマシだという考えがこびりついていた。

今回も秋山の部屋着の汚れを隠すという目的がなければ、洗濯機には手も触れていなかったに違いない。

秋山が廊下に満ちていた泡をあらかたバケツで片付けてから、モップで拭き取っていく。洗濯機回りが綺麗になっていくのを眺めた後で、一真は腹を据えてぶちまけることにした。後で知られて機嫌を損ねられるよりも、今の時点で言っておいたほうが、互いのダメージが少ないからだ。

「あとな、……洗濯物。蛍光ピンクにみんな染まってる」

「色移りしたのか。だったら、しばらく置いておくか」

特に動揺せずにそうつぶやいてから、秋山は洗濯機を開いて中のものを眺め、何やら操作する。水を溜めておくらしい。

それから、廊下に呆然と立ちつくして事態の推移を見守っていた一真のほうを振り返って、柔らかく笑いかけた。

「洗濯しようとしてくれたのか。ありがとうな」

――何だこいつ。菩薩か？

叱らないだけではなく、礼を言われたことに、一真は仰天した。まじまじと秋山の顔を眺めてしまう。どう反応していいのかわからない。

くすぐったさと、腰の据わりが悪いようなむず痒さが、ぞくぞくと身体の表面を伝っていく。戸惑いすぎて、体感まで変になっていた。そのあげくに一真が発したのは詫びの言葉ではなく、照れ隠しのつぶやきだ。

「……別に。……自分の洗濯のついでだし」

「使いかた、後で紙に書いて貼っておくよ。その通りに動かしたら、失敗しないはずだし。乾燥までそのままいける」

「乾燥も？」

「ああ。ここは高層階で風が強いから、外干しは避けたほうがいいらしい」

そう言って、秋山は洗濯機から離れた。

それから、廊下に置きっぱなしにしていたレジ袋をつかんで、キッチンに向かいながら言ってくる。

「食事にしないか？　今日は鍋にしようと思うんだけど。手伝ってくれる？」

そんなふうに、秋山にさらりと流されたことに、一真は驚いた。

「怒らねーの？　殴らねーの？」

失敗したらすぐに暴力が振るわれる世界で、一真は生きてきた。だからこそ、失敗したというのに罰が与えられないのは、落ち着かない。

秋山のほうは、そんな一真の言葉が不思議だったようだ。

「何で殴るの？」

「洗濯失敗しただろ。泡だらけにしちゃったし」

呆れたように、秋山は向き直る。

「だからって、殴るまでのことはないだろ。殴っても何も解決しない。泡で廊下まで綺麗にできたから、一石二鳥かも。色移りも、たぶんどうにかなるはずだし」

「だったら、どうやってしつけるんだよ？」

「しつける？」

秋山はあらためて、一真の頭をまっすぐのぞきこんできた。

「しつけるも何も、おまえはすでに成人した人間だろ。そんな相手を殴ったところで、意味があるとは思えない」

そうキッパリと言った後で、秋山は照れくさそうに笑った。

「殴るよりも褒めたほうが、モチベーションが保てる。脅し脅される関係よりも、そちらのほうがよっぽど健全なように思えるんだけど。少なくとも俺は、仕事ではそうしてる」

そう言うと、秋山はレジ袋を持ってキッチンに向かった。

その後を追いながら、一真は少し考えた。

確かに、それはまともな考えかただ。だけど、暴力と恐怖で他人を支配する人間関係の中で生きてきた一真としては、しっくり来ない。

——それじゃ、相手が裏切るかもしれないだろ。

それは命のやりとりをしないところでの、ぬるま湯的な考えかただ。

だが、今はそれでいいのかもしれない。自分たちは同居をしているだけだ。そこには、命のやりとりは存在しない。

キッチンに入ったころには気分が浮上して、一真はいそいそと腕まくりを始めていた。何かの役に立ちたい。洗濯機を動かすのに失敗してしまったというのに、秋山は礼を言ってくれた。鍋を作るのを手伝って欲しいと言われたのが、嬉しかった。

「鍋、作るんだろ。俺、何すればいーの？　鍋の作り方なんて、わからねーけど」

「大丈夫。うちは何でも入れて、ぐつぐつ煮れば完成ってやつだから」

おかゆを作るときに使った土鍋が取り出され、水が張られて、火にかけられる。その間に、鍋の具が次々と準備されていく。

一真が最初に頼まれたのは、野菜の入ったビニールを開けるとか、中の野菜を洗うとかの簡単な役目だった。

だが、包丁の持ち方を教えてもらって、ざっくりと白菜を切らされることになる。

「そう、猫の手……」

秋山がつきっきりで教えてくれた。

刃物の扱いには慣れてはいたが、人以外は切ったことがない。刃物は怖くなかったから、容赦なく包丁を振るっていく。白菜の後は春菊の切りかたを教えてもらい、大根やニンジンまで切っていく。

時間をかけて切りそろえたそれらの野菜が鍋に入り、ぐつぐつ煮えているのを監視していた一真は、ふと振り返ったときに恐ろしい光景を目にした。

「おま、それ、何……っ！」

秋山が豆腐をてのひらに乗せて、包丁で切っていたのだ。

秋山の包丁はちゃんと研がれていて、切れ味が鋭い。そのことを包丁を使うことで知っていた一真だから、何てことをするのだと仰天する。

だが、秋山は平然と豆腐を切り終えた。慎重に鍋に投入しながら、一真に説明してくる。

「豆腐は、てのひらで切ると崩れないから」

「ヤバくね？」

「引っ張ったり、動かしたりせずに、包丁を押し当てるようにそっと動かす」

「無理だろ。思わず動かしちゃうだろ」

ドスで刺すところを手で真似てみせると、秋山は笑った。

「慣れないうちは、おまえは豆腐を切らないほうがいいかもな」

「たりめーだ。おっそろしい」

秋山の手首をつかんでまじまじと眺めてみたが、濡れているだけで血は出ていないようだ。だが、自分では無理だ。反射的に包丁を引いてしまって、ざっくりと切ってしまう光景しか浮かばない。

だが、鍋はそろそろ仕上がっていた。秋山がこねて入れた肉団子が、おいしそうにふつふつと煮えている。

「持っていける？」

鍋つかみを渡されながら秋山に尋ねられて、一真はうなずいた。

秋山が冷蔵庫からビールを取り出しているのを横目に眺めながら、鍋をリビングダイニングの端に置かれたこたつまで慎重に運ぶ。

缶ビールで乾杯してから、二人で鍋をつつくことになった。

「はふ。……あつ、……うま……っ」

少し前までは、鍋などおいしいと思ったことはなかったはずだ。なのに、今は一口ごとにおいしさを感じる。

秋山の味付けは、ひどく好みだ。醤油ベースのシンプルな味だったが、とてもおいしい。

特に好きでもない野菜やきのこまで、もりもりと食べてしまう。

「うまいな、これ。何か特別な調味料、使ってんの？」

繁華街にシマを持っていたから、飲食店と関わることも多かった。依存性のある特別な調味料でも使っているのかと、半ば本気で聞いてみたが、秋山はあっさりと否定した。

「ベースはまんま、市販品。どこにでも売ってるやつ」

「だったら、実はすごい高級食材とか？」

組にいたときには、それなりの頻度で高級料理店に連れていってもらっていた。だが、そのどんな食べ物よりも、秋山の鍋はおいしい。

「おまえも見てただろ。どこでも売ってる、スーパーの食材」

「にしても、うまいな」

一真はうなった。

あらためて思い直してみると、自分の母親はメシマズだった気がする。滅多に料理を作らなかったのは、その本人にもマズいという自覚があったからだろうか。幼いころの一真はいつでも腹を減らしていて、行けば何か食べさせてくれる近所のヤクザのところに入り浸っていた。

そのヤクザの植草にしても食べさせてくれるのは店屋物ばかりで、こんなふうに家で食事を作って食べた経験はあまりない。

それもあるのか、秋山が作ったものは格別おいしく感じられた。お腹がいっぱいになるまで食べてしまう。ビールよりも食事のほうが進むなんて、一真には滅多にないことだ。

「うまかった！」

感動とともに箸を置くと、まんざらでもない顔をして、秋山が笑った。

「だったら、明日はおじやにしようか？　鍋が続いてもいいかな。白菜が安かったから、一玉買っちゃったし」

「もちろん、ずっとでもいーぜ。一冬、続いてもいい」

「味付けとかは、変えるから」

「一緒でも、かまわねーけどな」

明日もおいしい鍋が食べられると思っただけで、一真はわくわくする。

だが、食事を終えて食器を食洗機に入れた後で、心配になって洗濯機を見に行った。ちょうど洗い終わったところで、ピーと音が鳴った。蓋を開けて中にあった洗濯物を引き出してみたら、どぎついピンク色に染まっていた秋山のワイシャツが、元の白に戻っている。そのことに安堵した。

「どんな魔法を使ったんだよ？」

やってきた秋山に聞いてみる。

「魔法っていうか、俺の前におまえが一回、洗っといてくれたから、もう一回洗ったら落ちただけ。この後で、乾燥の仕方を教えとく」

秋山が洗濯物を元に戻し、次の手順を教えてくれる。

洗濯物を乾燥することまでできるなんて、少しずつ自分がまともな人間になれていくような気がした。

——洗濯できたぐらいで、まともな人間なんて、おかしーけど。

それでも、くすぐったいような気持ちが身体の内側に満ちる。ずっと無縁でいたまともな生活が、秋山のもとだったら送れそうな気がした。

かずまくんは、そもそも頭は悪くないんだから。勉強さえすれば、ね。

そんなふうに言っていたのは、落第スレスレの一真に補習をしてくれた中学校の先生だっただろうか。

家庭環境が悪くて勉強に集中できず、いつでも腹を減らしていた。服も汚れていた。今、思い出してみれば、いわゆる育児放棄児だったのだろう。

父は暴力を振るったあげくにいなくなり、母は男を家に引っ張りこむようになった。家から閉め出されることも多かった一真が、気にかけてくれた近所のヤクザに懐いていったのは、当然の流れだった。

中学校を卒業したときに腕っ節のよさと度胸を見こまれて極道の道に誘われ、植草がいた組と盃を交わすこととなった。

——だけど、こんな平穏な生活もあるんだなぁ。

スーパーで買い物かごに豆腐を入れながら、一真はしみじみと考える。

腹が減ったときは、店に入るか、コンビニかファーストフード。

そんな一真にとっては、秋山との暮らしは驚きの連続だった。

——何だか、肌つやがよくなったような気がするな。深酒もしてねーし。よく寝てるから、頭痛もしねーし。

朝、仕事で家を出る秋山と一緒に朝食をとった後で、一真は軽くトレーニングをした。その後でのんびりとテレビを見たり、有料配信の動画を観たりしていたら夕方になったから、頼まれた買い物をするために出かけたのだ。

最初はスーパーに行ってもどこに何が売られているのかわからず、豆腐や納豆を買うにも時間がかかった。

野菜や肉を切るのも下手だったが、秋山が何かと褒めてくれるから、意欲も湧く。今なら一人で鍋も作れる。おとといはちゃんと焼きそばも作れた。

——キャベツの千切りとか、わりと得意だぜ、俺。

包丁を使うのが楽しくてたまらない。刃物にまともな使いかたがあったのだと感心する。

一真は肉のコーナーで立ち止まり、挽き肉を買い物かごに入れた。ハンバーグか、鍋に入れる肉団子を作ってもらいたい。

――あ。マカロニグラタンもいいよな。

秋山が先日、作ってくれたのは、最高においしいマカロニグラタンだった。ホワイトソースから手作りした本格的なものではなく、タマネギや鶏肉などの具材を炒めた後で、パックになっているソースと水と牛乳を入れたらホワイトソースになるというレトルト商品なのだが、一真の子供舌には非常においしく感じられた。

そのマカロニグラタンをまた作ってもらいたくて、一真は売り場を探してみる。だけど、脳裏に灼きつけたそのレトルトのパッケージは見つからない。

――別の店かなぁ？

もう一軒あるスーパーにも寄ってみようかとも思ったが、今日はあまり時間がない。今から帰って鍋の準備をすれば、秋山の帰宅に間に合うはずだ。


「すごく、ちゃんと鍋が作れるようになったな」

しみじみと、秋山が言った。今日はキムチ鍋で、市販のつゆをぶちこんでぐつぐつ煮ただけだが、とてもおいしく仕上がった。

「そうだろそうだろ」

自慢気に、一真はうなずいた。食事がおいしい上に、それを作ったのが自分だと思うと、プライドまで満たされる。

いろいろなものが満たされていくにつれ、もっと欲しくなってくるのが秋山の身体だった。やたらと暇だったから、何かと妄想していた。それもあって、秋山の顔を眺め、匂いを嗅いだだけで、ムラムラしてくる。

お腹がいっぱいになったところで鍋を下げ、秋山と一緒にこたつの上の食器なども片付ける。その後で、秋山がうやうやしく箱に入ったままの高級ブランデーを置いた。

「おっ。どうしたんだよ、それ」

「今日、職場で上司からもらった。昇進祝い」

「昇進したのかよ！　すげえじゃん」

秋山の会社は、丸の内にある大きな商社だと聞いていた。秋山が嬉しさを隠しきれないにこやかさで言ってくる。

「前の、海外の仕事が評価されたんだ。今後は、何か大きな仕事をするときのプロジェクトリーダーになるんだけど、当面は国内勤務になりそうなんだよな」

「でっかい仕事を抱える前の、骨休みってわけ？」

「そういうこと。国内での基本的な商社の仕事になるのかな」

「腕の振るいようがないってわけ？　けど、仕事が楽なのはいいだろ？」

そんなふうに一真は言いながら、キッチンで見つけた高級そうなグラスに、氷をたっぷり入れた。こたつの上に二つ並べる。

「じゃあ、秋山の昇進を祝って。乾杯」

二人で、グラスを合わせる。

その高級ブランデーは、一真にとってはよく知っている味だった。組事務所にいたときには、その酒を水のように飲んでいた。

だが、組を辞めてからは飲んでいない。前にふと目について酒屋で買おうとしたが、あまりの値段の高さに手を引っこめた。

――だから、高い酒ってことはわかる。

今日は秋山の昇進祝いだから、特別、美味に感じられた。しかも、感動するほどいい香りがする。久しぶりに飲んだそのおいしさに、一真は目を細めた。

「すげえうまいな」

「ああ」

向かいでも、秋山が幸せそうにそれを飲んでいた。

「てめえはさ、今、どういう仕事してんの？　国内での、基本的な商社の仕事って何？」

ふと気になって、一真は尋ねてみる。

「うちは商社だけど、物を売るだけじゃなくて、インフラに関する仕事までしてんの。たとえばワインがとても売れてもっと輸入しようって話になったら、その地で生産するワイン畑を広げるために水路からダムまで作って、その地域の畑に必要な水を行き渡らせるようにするわけ。水運から融資まで、いろんなことする」

「へー」

商社というから、ただ右から左に商品を動かしているのだと思っていたが、すごい規模だ。

ご機嫌な秋山を前にすると、一真も引っ張られて幸せな気分になった。何より秋山のそばにいて落ち着くのは、情緒が安定しているからだ。一真は一度も秋山の苛立った姿を見ていない。

理不尽な理由でいきなり爆発するようなヤクザとばかり付き合ってきた一真にとっては、それだけで驚きだった。

飲みながら、一真の目はずっと秋山の表情を追ってしまう。

目元がやはり、植草に似ていた。ぶっきらぼうだったが、頼りがいがあった。完全にノンケだったから、最後まで告白などできるはずもなかったが、その後も心を惹かれるのは、植草にどこか似た男だ。

顔立ちだったり、声だったり、身体つきだったり。

秋山を見ていると、幼いころの心の安定を思い出す。

かなえられなかった思いが湧きあがってきて、今度こそ成就できないかと考えそうになる。

――別人なのに。

まっすぐな鼻梁に、賢そうで穏やかな表情。がっしりとした顎のライン。肉感的な唇。これみよがしな筋肉はついていないが、厚みのある身体つき。

――どうすれば、俺のことを好きになってくれるかな。

家に転がりこんで、一週間だ。

過剰にお客様扱いされずに、気楽に扱われるのが心地好い。

付き合っている女はいないようだが、とはいえ同性に興味は持っていないらしい。

――手を出すな、って言われてるぐらいだもんな。

だからこそ、踏みこめない。だがこちらから強引に迫らなければ、ノンケの男が自分に興味を持ってくれるはずがないことも知っていた。

――キスしたい。もっと先のこともしたい……。

だけど、嫌われたくない。秋山に対して、ひどく慎重になっている。

初恋の植草相手のときも、死ぬ気で隠していた。だけど、秋山ならまだ脈があるように感じられるのは、自分に都合よく考えすぎだろうか。

モヤモヤしている一真相手に、秋山は屈託なかった。

「もっと飲む?」

空になっていた一真のグラスに、氷とブランデーを注ぎ足してくれる。こんなふうに優しくしてくれるから、自分に気があるのかと誤解しそうになる。一真は優しくされるのに慣れていないのだ。

秋山はさらに、自分のグラスにも注ぎ足した。

昇進の嬉しさがあるからか、いつになく飲みすぎているようだ。秋山の目つきがトロンとしてきた。自分の前でそこまで隙を見せるなんて、襲ってくれということだろうか。だんだんと欲望を高めていく一真の気配に気づくことなく、秋山はご機嫌だ。

だからこそ、普段は聞きにくいことも聞いてみることにした。

「いつも俺がいて、邪魔じゃね?」

「いいや、全く。おまえ、何作ってもおいしそうに食べてくれるから。張り合いあるから、やたらと作っちゃう」

「いつもは、あんま自炊しねーの?」

「忙しいときはな。こんなにも毎日作っているのは、一人暮らししたてで、料理にはまってたころ以来かも」

何だか嬉しくなって、一真はへへっと笑った。もっと秋山との距離を縮めたくなる。自分の存在が、秋山にとって何らかの刺激になっていたら嬉しい。

一真は氷を足すために席を立った帰りに、秋山の横に移動した。こたつに足を押しこみながら、酔っ払いを装ってくっつく。ついでに、その肩に顔をもたせかけた。

人恋しくなっていた。もう少し秋山とベタベタしたい。自分と一緒に、欲望を解消したいとか思ってくれないだろうか。

そんな下心とともにだんだんと体重をかけて、接触する範囲を広げていく。

くっついても秋山は、強く拒んでいるようには思えなかった。

だからこそ、何かと手や足を触れあわせながら杯を重ねていく。いつもならとっくに寝落ちするほどの量を飲んでいるというのに、頭の芯のほうが冴えていて、酔いが回らない。

それでも、身体のほうは力が入らなくなってきていた。秋山に寄りかかりながらずり落ち、太腿に顔を埋めるような格好になっていく。

頬の下にある太腿の弾力が気持ちよくて、一真はよりそれを味わおうと目を閉じた。

——……最高。

へべれけだ。

このまま眠りに落ちてもいい。

そんなふわふわとした感覚に包まれたまま目を閉じ、ふうっと意識が途切れる。

ふと目を開くと、秋山が立ち上がるところだった。そのときに丁寧に頭を床に下ろされたから、目が覚めたらしい。一真が目を開いたのに気づいたのか、秋山が柔らかく声をかけてきた。

「そろそろお開きにしようぜ。こたつで寝ると風邪ひくから、部屋で寝ろよ」

「ん」

そう返事はしたものの、もう少し秋山を味わいたい気持ちが収まらない。それでも、起き上がる気力もなくて、一真は手を伸ばした。

「起こして、部屋まで連れてって」

「無理」

「前は、家まで連れ帰ってくれたくせに」

「あれは、特別な事情があったからな」

断られたことでがっかりして、一真は目を閉じた。ふうっと、意識が深いところに引きずりこまれる。

それから何時間か後に、ふと目を覚ました。口がカラカラだ。

こたつに入ったまま寝ていたことに気づいて、一真は上体を起こした。そのとき、秋山がこたつに足を突っこんだまま、天板に突っ伏して、ひどく気持ちよさそうに眠っているのに気づいた。一真には部屋に戻れと言ったくせに、秋山も部屋に戻るのが億劫(おっくう)になって、こたつで眠ったのだろうか。

――風邪ひくぜ。

こたつは切れているようだ。

酔っ払いながらも、一真は膝立ちで秋山の横まで移動して、その顔をのぞきこんだ。気持ちよさそうな寝息を漏らす、少し開いた唇が隙だらけだ。眉間に少しだけ、しわが寄っている。今ならその唇を奪うのも、簡単にできるはずだ。

――キスしてぇ。

切実に、そう思った。

それでもギリギリのところで踏みとどまり、一真は立ちあがってキッチンで水を飲んできた。それから、鼻と鼻とがくっつきそうなところから呼びかけてみる。

「おい。……寝るのなら、部屋行くぜ」

まだふわふわとした感じは続いていた。夢の中にいるように、現実感がない。

「ん」

秋山も深い眠りの中にいるのか、生返事があっただけだ。そのまま動かない。一真は再度顔を近づけて、秋山の気配を探った。

――あと、ちょっとの距離なんだけど。

このまま唇を押しつけたら、秋山はどんな反応をするだろうか。

今が千載一遇のチャンスだ。そのまま突っ走りたい気持ちもあったが、やはり寝起きを襲うのは卑怯な気がする。

そう思って、一真は顔を引いた。それから、乱暴に秋山の頬を叩く。

「ほら。こたつで寝ると、風邪ひくから。部屋戻ろうぜ」

「ん……っ」

「起きろって」

このまま秋山のそばにいるのは危険だ。襲ってしまいそうになる。

秋山は生返事だけで動こうとはしなかったので、風邪をひかせないために部屋まで運んでやることにした。その肩を担ぐ位置に移動する。

「ほら。ちゃんと歩け」

強引に引っ張り起こそうとすると、さすがに秋山もかなり目を覚ましたらしい。

だが、寝ぼけていたのか、不意に思わぬ方向に体重がぐっとかかって、一真はバランスを崩した。秋山ごと畳に転がる。

「うわっ」

起きあがろうと、下から秋山の顔を見上げたところで、また誘惑に心が揺れた。

「ん？」

秋山の顔が、驚くぐらいすぐそばにある。さきほど、キスしてやろうと思った唇もだ。

焦点が合うか合わないかぐらいのところで、目が合った。ただ微笑み混じりに見つめ返されるのが、キス待ちの表情に思えてしまう。

そうではないことぐらい、理性でわかっているはずなのに。

一真のほうも酔いが回っていて、欲望が抑えきれない。

秋山の顔を下から包みこむようにして、頭をそっと寄せた。一真のほうから唇を重ねていく。

「……っ」

触れあったところから、ぞくりと痺れが広がった。

ずっとキスしたいと思っていただけに、感動もひとしおだ。出会ったときもキスしているはずだが、酔いすぎていてまともに覚えていない。反射的に離してしまったが、もっと味わいたい気持ちが収まらない。

「ん、……おまえ、なに……」

秋山の、戸惑ったような声が聞こえた。ごまかすことよりももっと味わいたい気持ちが強かったので、一真はその頭を抱えこんで、もう一度唇を押しつける。

舌でその唇をねぶるようになぞってから、舌をねじこんだ。

「っん、……ふ、ふ……」

自分の口から小さく漏れる声が、遠く聞こえた。

秋山の口腔内はひどく熱く、舌は分厚くておいしかった。どこからどこまでが自分の唾液なのかわからなくなるほどに舌をむさぼり、逃さないように頭を強く抱えこむ。

たっぷりと味わった後で、息を乱しながらようやく秋山の顔を解放した。

嫌がられたら冗談としてごまかし、二度とこんなことは止めようと思っていた。だが、秋山は濃厚なキスに酔いが回ったように、ぼうっとしている。

だからこそ、つけこむのは今だと思ってしまう。

——このまま、行っちゃうか。

舌なめずりをするような気分で考える。

優しくしてくれた礼がしたい。気持ちよくさせてあげたい。さらに、秋山との絆を深く結びたい。特別な存在になりたい。

そんな思いが暴走する。

一真は秋山の下からするり、と抜け出した後で、こたつを邪魔にならないところまで押しのけた。それから、秋山の肩を押して腰に乗り、ゆっくりと身体の位置を太腿のほうにずらしていく。男にとって、どこをどうしたら気持ちがいいか、わかっていた。

下肢に顔を近づけ、秋山の部屋着越しに頬を擦りつける。

「ちょっ」

狼狽したのか、上から振り落とされそうになったが、一真はしっかりと腰に座り直す。

さらに頬でなぞっていくと、最初はさして存在感のなかったそこがいきなり硬く形を変えた。そのことに、秋山はひどく慌てたようだ。

「おまえ、……やめ……ろ……」

だけど、ここまできたらもう止められない。

一真のほうも酔いが回っていた。後のことは考えられないまま、無心になって頬を擦りつけて、秋山を煽り立てていく。

どんどん大きさと硬さを増す感触が愛おしく、早くこれを服の中から暴きたいような、もう少し焦らしたいような、淫らな気持ちでいっぱいになる。

「……っ、かずま、……やめろ」

秋山がそんなことを言って、あらためて下肢から顔を引き剝がそうとしたが、一真はその力にあらがった。

一真は秋山と視線を合わせながら、部屋着のウエストゴムの部分をつかんで、下着ごと引き下ろす。途端に剝き出しになったそこが、姿を現すのが愛おしい。

「……っ」

想像以上に大きく硬くなっていた秋山のそこを手で握りしめ、軽く先端に口づけた。こんなにしていたら、どんな言い訳も通用しない。

「ツン、……あっ！」

その唇の感触にひどく感じたのか、秋山の狼狽した声が響いた。手の中のそれが大きく脈打った。

——感じてる。

より秋山に、自分だけしかできないような、濃厚な快感を味わわせたくなる。骨抜きにして、飼い馴らしたい。まずは自分を拒絶できないように、忘我(ぼうが)の際まで追い詰めたい。

そう思った一真は、口を開いた。舌を伸ばして、ねっとりと先端ばかり集中的に舐(な)めていく。

感じやすい場所だが、それがしっかりと勃起するにつれて、先端だけの刺激に耐えきれなくなったのか、秋山の腰がむずむずと動いた。十分に焦らしたことを感じ取った一真は、次はその先端から根元まで、尖(とが)らせた舌先でなぞっていく。

「っう……」

低いうめきとともに、握った性器がバキバキに硬くなった。正直な身体の反応に気をよくした一真は、もっと煽り立てるために何度も根元から先端まで舌を這わせていく。その後で尿道口に溜まった蜜をちゅっと唇をすぼめて吸いあげると、秋山がびくんと腰を跳ねあがらせた。

男性なら必殺のテクニックだ。これをされて、一真にあらがえた者はいない。

手が伸びて、髪をつかまれた。

「ちょっと、……おまえ……っ」

強すぎる快感に、秋山はさすがにヤバいと悟ったのだろう。だが、ここまで硬くしていたら、今さら引き返すのは不可能だ。

一真は上目遣いに視線を合わせて、熱い口腔内に先端から性器をくわえこんだ。

「ッン！」

そのまま限界まで口に入れてから、唇でしごきながら抜き出した。カリの下で引き返しては、また深くまで迎え入れる。しゃぶりながら、わざと大きな水音を立てるのも忘れない。

「っふ、……んぐ、……ん、ん……っ」

「ダメ、だ、……やめろ……っ」

秋山はあまりの気持ちよさと、倫理観との狭間(はざま)で葛藤しているらしい。刺激を送るたびに身体を強(こわ)ばらせてはいたが、拒絶よりも興奮のほうが大きいのは、口にくわえこんだものからの反応で、一目瞭然(いちもくりょうぜん)だ。

絶え間なく刺激を送りこみながら、一真は秋山の反応をうかがった。好意を抱いた男が自分の口淫に屈服させられている姿に興奮する。

——もうじき、イきそうだな。

秋山はどれくらいでイクのだろうか。もっと焦らしてやったほうがいいだろうか。秋山

にとっての最適のタイミングをうかがいながら、一真はリズミカルに刺激を送りこんでいく。できるだけ喉を開き、その奥の気持ちのいいところにあたるようにしていた。

喉の深いところまで受け入れたときには、一真には息苦しさだけではなく、吐き気を伴ったぞくりとするような感覚がこみあげてくるのだけれど。

——だけど、それでも、……気持ちいい。

「っん、は……っ」

秋山が一真の髪にからめた指には、すでに力が入っていなかった。息を切らし、快感を享受(きょうじゅ)する顔は男の色気にあふれていた。そんな顔を見下ろしながら、一真は一度抜き出す。硬くなったそれの凶暴な大きさに、ほくそえみながら頬ずりした。

「一発、抜いてやるよ。しばらく、女としてねえんだろ」

「こんなこと、……しろとは、……言ってない」

ぎこちなく秋山は視線をそらした。

「世話になってるから、宿代代わりだと思ってくれれば」

「宿代は、……別にもらってる……」

すでに別に、金を預けていた。だけど、そんなことはこの際、関係がない。宿代というのが単なる言い訳に過ぎないことは、秋山も承知のはずだ。

一真は軽く笑って、大きく育った秋山のものに口づけた。

それから、本格的に抜きにかかる。

唾液をたっぷりからめて、反応を示した裏筋のあたりに集中的に刺激を送りこんだ。

時折、ちらりと視線を上げて、秋山と視線を合わせるのも欠かさない。

普段は偉そうな一真のこんなときの上目遣いに、男が興奮するのは知っていた。秋山の場合も、目が合うたびにしゃぶっているものがドクンと脈打つ。おそらく支配欲を刺激されているのだろう。

すでに秋山は抵抗を止め、送りこまれてくる快感をただ享受するだけになっていた。さすがにここまで上手にくわえてもらったことはないはずだ。

一真は秋山のものを口腔いっぱいにくわえこんだ。

さらにぐっと顔を押しつけると、その先端が喉の狭い部分まで入りこむ。

「ツン、……ぐ……っ」

反射的にえずきそうになったのだが、あえてぐっと我慢する。

口の中が、秋山のものでみっしりだ。こんな状況に、ひどく興奮した。

「っん、……っぐ、んぐ、……ん、ん、ん……っ」

口の中で秋山のものが限界まで張り詰め、脈を刻んでいるのが感じ取れた。

秋山のそれをくわえて上下させているだけで、どんどん唾液が湧きあがる。

早く秋山の精液を飲みたくて、舌が淫らにからみついた。

「……ぅ、ん、……んぁ、……あ……っ」

絶頂に向けて、秋山の身体に力が入っていくのが感じ取れた。

じゅぱじゅぱと、吸い立てることで射精を誘っていく。

「……ん、……も、う……っ」

ついに小さく、秋山がうめいた。

その身体に力がこもり、射精するのを必死にこらえているようにも見える。それは他人の口に出すことへの抵抗なのか、それとも、それが同性の口ということにか。

だけどその禁忌を破らせ、こちら側に誘いこみたい。

髪を強く引っ張られたのが合図のように思えて、一真はとどめを刺すようにペニスを強く吸いながら攻め立てた。

「……っん、……っ、あ……っ、あ、あ、あ……っ！」

ついに口の中でペニスが脈打ち、その直後に喉の奥で熱いものがしぶく。秋山の身体がビクビクと痙攣する。

口の中に出された飲みにくいそれを少しずつ喉に送りこみ、何もなくなった後で舌なめずりするような感じで顔を上げる。はぁはぁと息を切らしながら、こちらを見ている秋山と目が合った。

「おまえ、……飲んだ……？」

信じられないように、つぶやかれる。

同性に口淫されて射精した今の出来事を、どう受け止めていいのか、わからないでいるらしい。

だけど、息が整うと秋山は手を伸ばして一真の頭を抱きこんだ。そのまま目を閉じて、動かなくなる。

——え？

これはどんな状況かと、一真は様子をうかがった。

だけど、秋山は動かない。すうすうと、気持ちよさそうな寝息が聞こえてくる。そのまま眠りに落ちたことを確認した一真は、拍子抜けしながらも起こさないようにそうっと動いて、腕から抜け出した。

——夢だと思ってくれるかな。

やりすぎた、という反省があった。なかったことにしてくれるのも、ありがたい。

シャワーでも浴びようと身体を起こしたときに、今の運動によってさらにアルコールが回ったのか、ふらりとした。

しばらくうずくまって息を整えてから、一真は立ちあがって秋山の身体にかける毛布を運んでやる。それをかけても、秋山は全く動かない。気持ちよさそうな寝息が続いている。

——全部、夢の中の出来事だと思ってくれていいけど？

むしろ、そんなふうに思って欲しい。今までの関係を壊したくない。ここにいたい。

——だったら、もっとちゃんと偽装工作をしようか。

そう思った一真は、秋山の横に座りこんで、はだけた部屋着を丁寧に着せかけた。痕跡を残さないようにあちこち整えた後で、バスルームへと向かう。

——やっちまった。

後悔でいっぱいだった。

明日は、どんな反応があるだろうか。

〔三〕

翌日、秋山はひどい二日酔いとともに目覚めたようだ。一真も頭がガンガンしていたから、話をする気力もない。

互いに食事をする気もなく、一真が部屋から出ないでいる間に、秋山は出勤していったらしい。

だから、昨日の出来事をちゃんと覚えているのか、どう思っているのか、一真には確かめられないままだ。

それでもいきなり追い出されなかったことに、一真はホッとしていた。

もう一眠りして、二日酔いがかなりマシになった夕方ごろに一真は動きだした。

洗濯と乾燥をして、それを仕分けする。

初めて洗濯をしたときから、秋山のワイシャツはうっすらとピンク色に染まっていたが、これくらいなら許容範囲だろう。形状記憶ワイシャツだから、ハンガーにかけて秋山の部屋のクローゼットに運べば終わりだ。必要なら自分でアイロンがけするので、それでいいと言われていた。

――さて。

一真はスマートフォンを取り出した。

一週間、たっぷり骨休めした。そろそろ次の仕事を探してもいいころだ。放っておいても仕事は入るが、秋山に触発されて勤勉に働く気になっていた。何件か電話をかけ、業界の噂話をいろいろ聞き出した。何かよさげな仕事があったら回して欲しいと伝えて、一真は電話を切る。

わりと長電話をしたので、そろそろ買い物に行く時刻になっていた。今日はろくに食べていなかったのだが、二日酔いもあってさっぱりとしたものが食べたい。

――何だろう。湯豆腐か？

湯豆腐は店で食べたことがあるだけで、自分では作ったことがない。だが、秋山がいるからどうにかなるだろう。上等な豆腐を何丁か、買っておけばいい。

さすがに昨夜は少しやりすぎたという自覚があるだけに、おいしいものを一緒に食べて機嫌を取りたかった。

月末まであと一週間を切っている。だが、期限が来てもここにいたい。その気持ちが、ずっと強くなっていた。

秋山は一真のことを見放すことなく、ちゃんと家事も教えて面倒を見てくれる。長いこと、一真はまともな住環境になかった。食事も作れず、洗濯もできない。

だけど、秋山はそのやりかたを一から辛抱強く教えてくれた。秋山といると、自分ができることの幅が広がり、まっとうな人間になれていける気がする。

おいしい食事は幸せになれるし、整理整頓ができた部屋は落ち着く。それにちゃんと風呂に入り、洗濯した清潔な衣服を着ていると、情緒が安定する。

だが、それは一真にとっての幸せであって、秋山にとってはどうなのだろう。

——俺は厄介者？　早く出て行って欲しいと思ってる？

そう思われず、秋山の役に立つためには、どうしたらいいだろうか。昨日はその気持ちが暴走したあげく、欲望に満ちた行動を取ってしまった。やはり夜にでも追い出されるだろうか。秋山には手を出さないと、最初の時点の約束を破ってしまったのだから。

悶々としながらも、とにかく豆腐を買いに一真はスーパーに出かけた。店頭ではどれが湯豆腐に適した種類なのかわからず、とにかく高い豆腐を買っておけば間違いないだろうと、かごにぶちこむ。

その帰り道、繁華街を通りがかった。

夕方の七時少し前、まだまだ宵の口だ。

帰宅ラッシュの時間でそこそこ人はいたから、足早に通り抜けようとした。だがそんな一真の目が捉えたのは、とさかのように髪を刈りあげ、金髪に染めあげた若者の姿だ。

——あれ？

彼には見覚えがあった。先日、秋山を襲った若者だ。また三人組でうろついている。

——まさか、またここで同じ悪さをしてるんじゃねーだろうな。

気になった一真は、豆腐の入ったレジ袋をぶら下げたまま、彼らをしばし尾行することにした。

ほどなく、彼らが目をつけたのは、気弱そうな三十過ぎのサラリーマン風の男だ。

その男との距離を縮めた後で、とさか頭の男がいきなりすれ違いざまに体当たりをかました。

「いて！　てめえ、何しやがるんだ……！」

怒鳴りつけた声が聞こえてくる。前回、秋山に仕掛けたのと同じパターンだ。距離を保って眺めていた一真は、やれやれ、とため息を漏らした。

——また、セコい小遣い稼ぎしやがって。どうすっかな。

だが、考えは決まっていた。

こんなガキどもを放っておいたら、この繁華街の治安が脅かされるだけではなく、また秋山が狙われることもあり得る。ここはタワーマンションへの近道だ。秋山はよくこの道を通るらしいし、金を持っていそうなエリートサラリーマン風だから、ことさら狙われそうだ。

——だったら、こいつらを排除しておかねーと。

そういうのは、自分の役目だ。

いつもなら、半グレにシマを荒らされたヤクザから金を取ってする仕事だったが、秋山のためだと思えば、無料でもやる気になる。次の被害を未然に防いでおきたい。

半グレをヤクザよりも忌み嫌っている一真だから、こういう中途半端なヤツらに天誅を下すのは悪くない。自分の中の正義感とも一致した。

——掃除すっか。

そう考えた一真は、ジャケットに入れていた両手を取り出した。サラリーマンを恫喝し始めたとさか頭の若者の背後から近づくなり、髪をわしづかんで、力任せに引っ張る。

「てめえ？　何だよ……ぐっ！」

それには答えず、一発腹に叩きこんで地面に沈めた。一真の拳は重く、この若者のような喧嘩慣れしていない素人なら、一発で身動きが取れなくなる。

うめきながら地面を転げ回った若者の身体を靴先で仰向けにひっくり返し、その胸元に靴を乗せた。

その足にぐっと体重をかけながら顔をじっくりのぞきこんでやると、一真を思い出したのか、若者が大きく目を見開いて、怯えた顔をした。一真はその顔に、にやりと獰猛に笑いかける。

「また会ったたな。この街から出て行け、って、俺は言わなかったか？」

容赦のない一撃に、若者は完全に縮み上がっていた。前回はそれでも抵抗しようとするそぶりを見せたが、再度身体に思い知らされて闘争心を失っている。

そうと見た一真は、ケッと息を吐き出した。

「次にてめえをここで見かけたら、殺すからな」

一真の声に混じった本気を読み取ったのか、若者はコクコクうなずく。靴を外すと彼は弾かれたように起きあがり、全速力で逃げていく。慌てて、二人がその後を追った。

一真は彼らの後ろ姿を見送る。

そのとき、軽く手を叩く男がいるのに気づいた。一真の今の活躍に、称賛の拍手を送っているようだ。

「……っ」

反射的に鋭く視線を向けると、そこにいたのはよく見知った男だった。

黒の光沢のあるコートに、高級そうな銀色のストライプのスーツ。黒手袋にしゃれた帽子を合わせている。堅気に見えないのは、そのネクタイに派手な銀の刺繍（ししゅう）があるからだ。ヤクザはいかにもヤクザという格好をしたがる。

「てめえか」

不機嫌な声で吐き捨てたのに、男はまるで意に介さずに近づいてきた。

「相変わらずだなぁ、一真。今日は街のお掃除か。誰に頼まれた？」

「うるせえよ」

そのまま無視して去ろうとしたが、屈強な黒服のボディガードの男が路地の出口に先回りして立ち塞がった。マジかよ、と思いながら視線を反対側に向けると、そちら側にももう一人のボディガードが立って、道を塞いでいた。

一真はチッと、舌打ちする。このまま力ずくで突破することもできるが、面倒でもあった。レジ袋には買ったばかりのパックの豆腐も入っていたから、それを崩したくはない。

「何か用かよ?」

相手は日本では五指に入る指定暴力団『加龍会(かりゅうかい)』の、若頭をしている高林(たかばやし)だ。一真がかつて盃を交わした組は別のところだから、直接の上下関係はない。だが、一真がヤクザだったときから、何かとしつこくからんできた。

一真がフリーになってからは、何かと仕事を回してくれるお得意様でもある。だからといって、媚(こ)びるつもりはなかった。もらった金の分だけ、しっかり仕事している。その矜持(きょうじ)はある。

高林の回してくれる仕事はさすがに、一真の能力の生かしかたを心得たものだった。

「おまえに仕事を頼みたくて来たんだけど、邪魔か?」

この男は、月に一度はやってくる。そのおかげで食いっぱぐれずにすんでいるのだが、わざわざ若頭自ら依頼しに来なくてもいい仕事ばかりだ。

だからこそ、下心を感じ取る。その気はないと何度言っても、この男は諦める様子がない。

高林が立ち止まらず、必要以上に距離を詰めてくるので、一真はげんなりして数歩下がった。それでもさらに近づいてくるから、舌打ちしてにらみつける。

なのに、高林は楽しそうににやついた。

そんな高林を、一真は牽制（けんせい）する。

「いつも言ってるが、まともじゃねえ仕事はしねーからな。そこんとこ、よくわかってるだろうな」

「もちろん。俺以上に、てめえを理解しているヤツなどいないと思うが」

高林は心からそう信じているように言いきってから、一真に住所と地図の入った紙を手渡した。

「そこに居座っているヤツらを、追い出せ」

一真はその場所を確認して、ポケットに突っこんだ。

「居座っているのは、どんなヤツらだ？」

おそらく、一真が先日までやっていた不法占拠の逆バージョンだ。前回はこちら側が競売物件に居座って、正当な退去料を請求する側だったが、建物が競売にかけられたと知ってから、わざわざやってきて不法占拠するヤツがいる。彼らはそうやって、その物件を買い取った人間から金をゆすり取ろうとするのだ。

「この競売物件は、とある堅気の不動産会社が、半年前に競り落とした物件だ。それを知った半グレ組織が構成員を送りこんで、居座ってやがる。出て行くについて、億の金を払えと要求してきたので、ほとほと困ったその不動産会社が、うちに依頼してきたってわけだ」

「てめえんとこに依頼するぐらいなら、その不動産会社も、まともなところじゃねーだろうけどな。半グレは虫が好かねーから、こっちで調査をすませたら追い出してやるよ」

「頼んだ。そこに居座っているのは、半グレとつながった暴走族だ。改造バイクを乗り回して、ご近所に騒音被害も振りまいてやがる。ヤツらがその本部としてビルを使っているから、そこそこの人数がいる。追い出すタイミングには気をつけろよ」

「俺を誰だと思ってるんだよ。相手が何人いようと、喧嘩で負けるはずがねえだろ」

さすがに暴力団の大幹部の高林や、その高林についた腕っ節の強すぎるボディガードが相手となると骨が折れるが、軟弱な暴走族なら何人集まっていようとも蹴散(けち)らす自信があった。

雑魚(ざこ)は相手にせず、集団の要を狙って、残虐(ざんぎゃく)に容赦なく痛めつける。それを見せつけることで彼らとの格の違いを教えこみ、恐怖で支配する。

「いつから、仕事すればいい？」

「いつでも。ヤツらが居座りだしてから、結構な日数経ってるからな。早ければ早いほどいい」

「礼金は？」

それに高林が答え、満足する額だったので一真はうなずいた。

話がつくなりさっさときびすを返そうとしたが、高林が引き止めてくる。

「にしても、何だよ、それは。豆腐か？」

ずっと一真が持っていたレジ袋の中身が気になっていたらしい。

「それ以外のものに見えるか？」

冷ややかに一真は応じた。極道の世界では一目置かれている高林だが、一真にとってはうざい男でしかない。

一般的にはハンサムな顔立ちだ。欧米の映画俳優のように彫りが深く、整っている。だが、気取りすぎているし、この男にどれだけ人の心がないのかも知っていた。

——芯のほうが、凍りついていてやがる。

情ではなく、自分にとって損か得かで全てを判断することができる男だ。かつて世話になったヤクザの幹部を、高林が血も涙もなく切り捨てたことを知ってから、苦手になった。

——こいつといても、温かくはならねえ。

自分にも高林にも、おそらく何らかの欠落がある。だからこそ、高林では自分の欠落は埋められない。そのことを、一真は本能的に感じ取っていた。

だが、そんな一真の気持ちなど知るよしもない高林は、タバコをくわえて火をつけた。

「今は、あそこのでっかいタワーマンションに住んでるんだってな。いいとこの、商社のリーマンと同居。まさか、てめえが豆腐持って歩くなんて、想像したこともなかったぜ」

自分のすみかや同居人まで高林に知られていることに、一真は不快感を覚えた。

この男が自分に執着しているのは知っている。それに、高林にとって一真は仕事を依頼する相手でもある。それなりに身辺調査が必要なのはわかっていた。

それでも、秋山に迷惑がかかることだけは阻止したくて、無愛想に言っていた。

「うるせえよ」

組にいるときには、狂犬と言われた一真だ。

組と縁を切った今でも、腕っ節一つで食ってきた。

殺気をこめて吐き出すと、高林は笑った。

「おーおー。こええな」

「本気でびびらせてやろうか」

一発ぐらいぶん殴ってやろうと襟元をつかみあげたとき、間延びした声が聞こえた。

「あれぇ？　一真？」

邪魔すんなとばかりににらみつけたが、その途端、一真の表情が緩んだ。近づいてきたのは、仕事帰りらしきコート姿の秋山だったからだ。片手に仕事用の鞄を提げている。

よくここまで入りこめたものだと、一真は半ば感心しながら、秋山が入ってきた路地に顔を向ける。そこで、黒服の屈強なボディガードがにらみを利かせていたはずだ。何気なく通り過ぎようとしても、そのボディガードに立ちはだかられ、じろりとにらまれれば、きびすを返して引き返すしかない。

だが、ボディガードと一真の目が合ったが、気まずそうに視線をそらされた。

彼らは基本的にはにらみを利かせるだけであって、通り過ぎようとする人間を力ずくで止めることまではしない。

そんなところを、秋山は平然と突破してきたのだろうか。

「この人、友達か？」

秋山は高林を見て、不思議そうに言ってくる。

「関係ねーヤツ」

だが、高林にはそれが面白くないらしい。

「何を言ってるんだ。友達だろ？　昔っから仲良しの友達」

言うだけではなくて、肩に馴れ馴れしく手を乗せてくるので、一真はすげなくその手を振り払った。

秋山は一真に屈託なく話しかけてくる。

「何か夕食の材料、買っておいてくれたの？」

仲のいいところを、高林に見せつけようとしているように見えた。秋山がそんな態度に出るのは初めてだっただけに、一真は内心で驚きながらもデレデレと応じてみせる。

「そ。今日は寒いから、湯豆腐かなーって。作り方知らねーけど、作ってくれるだろ？」

「ああ」

もう高林とは話がすんでいたから、一真は軽く秋山と腕を組んで、いちゃつきながら立ち去ることにした。

だが、高林はめげずに、背後から話しかけてくる。

「湯豆腐のための買い物だと？　いつでも偉そうにふんぞり返って、料理など作ろうともしなかったてめえが？　変われば、変わるもんだな」

うるせえよ、と一真は心の中で言い返す。

秋山には、自分が元ヤクザだと知らせてはいない。いかにもヤクザといった高林と親しげにふるまうことで、自分の素性が知られてはかなわない。

「るせー！　今は家事分担してんだよ。俺だって、やればできる。料理や洗濯だってできるんだからな」

それに、高林がかぶせてきた。

「料理と洗濯だと？　掃除といえば、ボロぞうきんのようになった相手を蹴り飛ばして、血を拭き取っとけってほざいてたてめえが？」

ろくでもない過去が暴かれる。

「ボロぞうきん？」

不思議そうに秋山がつぶやいたので、一真はさすがに足を止めた。

高林のほうを振り返り、これ以上余計なことを言うなとばかりににらみつける。

「るせー。とっとと失せろ。今はちゃんと掃除してんだよ。フローリングシートでピカピカに磨いてんの！」

「本当に料理もしてんのか？　料理といえば、半殺しのなますが得意だったてめーが？」

うわー、と叫びたくなりながらも、一真は高林の襟首を締め上げた。

「てめー……！」

だが、そこで秋山の視線を感じて、パッと手を離した。

こんなところで、極悪なところを見られてはならない。秋山の前では猫をかぶっているのだ。料理も洗濯もする、可愛い同居人だ。

高林に向けていた物騒な顔を、秋山に向けるときには極上の笑顔に変えた。だが、自分の身体に隠して高林を塀際に押しつけ、低い声で脅しつける。

「余計なこと言うんじゃねーぞ。刻むからな」

振り返ってから、腕を馴れ馴れしく秋山の肩にからめ、猫なで声で言ってみた。

「帰ろーぜ。これ以上、変なヤツにからまれたらかなわねー」

「待ちやがれ」

高林が言ったが、一真は振り返らなかった。

秋山と腕を組み直しながら、路地の反対側にいたボディガードの前を通り抜ける。その際に極悪顔で思いっきりガンをつけてやったから、余計な手出しはされない。

——はー……。

これで、どうにか秋山にヤクザとのつながりを疑われずにすんだだろうか。

尾行を気にしながらも、タワーマンションのエントランスにたどり着き、エレベーターに乗ったところで、一真は緊張を解く。その横で、秋山も大きく脱力したのがわかった。

「はー」

「ん？」

ずっとつかんだままだった秋山の腕を離して、一真はレジ袋を腕に引っかけた。

「どうかした？」

「緊張した……！」

秋山はひどい緊張から解き放たれた、という顔をしている。まだ顔が強ばっているのか、片手で軽く撫でていた。

「へ？　あの野郎に？　あんなの見かけ倒しだから、気にすることはねーぞ」

POSTCARD

東京都千代田区
神田三崎町2-18-11

二見書房
シャレード文庫愛読者 係

通販ご希望の方は、書籍リストをお送りしますのでお手数をおかけしてしまい恐縮ではございますが、**03-3515-2311までお電話くださいませ。**

<ご住所> □□□-□□□□

<お名前> 様

*誤送を防止するためアパート・マンション名は詳しくご記入ください。
*これより下は発送の際には使用しません。

TEL	職業／学年
年齢　　代	お買い上げ書店

Charade愛読者アンケート

この本を何でお知りになりましたか？

1. 店頭　2. WEB（　　　　　）　3. その他（　　　　　　　　）

この本をお買い上げになった理由を教えてください（複数回答可）。

1. 作家が好きだから（小説家・イラストレーター・漫画家）

2. カバーが気に入ったから　3. 内容紹介を見て

4. その他（　　　　　　　　　　　　　　　　）

読みたいジャンルやカップリングはありますか？

最近読んで面白かったBL作品と作家名、その理由を教えてください（他社作品可）。

お読みいただいたご感想、またはご意見、ご要望をお聞かせください。

作品タイトル：

ご協力ありがとうございました。

お送りいただいたご感想がメルマガに掲載となった場合、オリジナルグッズをプレゼントいたします。

いかにもヤクザといった高林の存在感は、かなりのものではあると理解はしている。一真はすっかり慣れていたが、普通の人なら高林ににらみ据えられただけで肝を冷やすかもしれない。だが、秋山が怯えていればいるだけ、愛しくなった。

「緊張したのに、高林と俺のとこ、来てくれたの？」

「一真がヤクザにからまれているように見えたからな。喧嘩しそうになったら、止めなければ、と焦って」

秋山がヤクザに屈せずに、自分のところまでやってきてくれたことに感謝する。

ご褒美のように軽く肩と背中を叩いてから、一真は目的の階に到着したエレベーターから降りた。

部屋に戻り、湯豆腐のために鍋を出していると、部屋着に着替えた秋山がやってきた。湯豆腐を一緒に作ることにする。昆布を引いて、豆腐を大きく切って入れれば、あとはポン酢でOKだそうだ。

一真は卓上コンロをこたつまで運んだ。

そのこたつを見ると、どうしても昨夜のことを思い出す。そのことについて秋山と話していなかったが、どこまで覚えているのだろうか。

続けて秋山が鍋を運んできたので、煮えるまでこたつにあたりながらビールを飲んで待つことになった。

ふと、秋山が言ってくる。

「さっきの人、どんな知り合い？」

ドキッとする。

昨夜の話を蒸し返されるよりマシだったが、高林のことをどう説明したら無難なのだろうか。とにかく、自分が元ヤクザだということは絶対に秘密だ。

「昔の知り合い。今、いろいろ仕事回してくれるんだけど、ガラが悪いから困ってる」

「ガラが悪いを遥かに超えて、本職の雰囲気としか思えなかったけど」

秋山はこういうところはストレートだ。

バレただろうか、と硬直する一真に、秋山はさらに聞いてくる。

「半殺しとか、なますっていうのは、料理法のこと？」

一真は慌てた。

「そそそそ、そう！　ほら、なますって言うだろ。包丁で、魚とかをぶったたく……！」

「一真がそんな料理法を知ってるとは思わなかった。けどさ」

秋山は一真を見て、深く息を漏らした。

「心配したぜ。ヤツら、怖そうだったから」

そりゃ、本職だからな、と一真は心の中でつぶやく。

自分の交友関係で今後、秋山を動揺させることがないように、今のうちに言っておくことにした。

「俺、前職の関係で、わりとそういう知り合いがいるんだけど。心配する必要ねーから」

「そういや、前職って何の仕事してたの？」

秋山は答えにくい質問ばかりしてくる。

一真は答えられないまま缶ビールを口元に運んで、グイと飲んだ。それから鍋の中をのぞいて、そろそろ豆腐が煮えたかどうか尋ねてみる。

もう大丈夫と言われたので、食べることに集中しているフリをした。

昨日の口淫のことについても、触れられたくなくて、当たり障りのない話をするだけにとどまる。秋山はこのごまかしに気づいているだろうか。誠意のない人間だと思ってはいないか。

それでも気になるのは、やはり昨夜の口淫だった。

――とりあえず、すぐに追い出されるほど、嫌われてはいないのかな？　ヤクザと話している俺を、助けようとしてくれたほどだし。

熱々の湯豆腐を慎重に口に運びながら、何かと秋山を盗み見てしまう。全く話題に出さないということは、秋山にとって昨夜のことはタブーなのか、夢だと思っているからだろうか。

――ま、それでいいか。

相思相愛になったわけではなく、たまたま流れで押し切っただけだ。

月末まで、あと五日。

秋山とどれだけ距離を縮められるだろうか。

〔四〕

終業時間が近づくにつれ、自分がだんだんワクワクしてきていることに、秋山は気づいていた。

今までは、わりと仕事漬けの人間だった。特に趣味がなかったから、帰宅してもやることがない。それよりも、会社に居残ってどんどん仕事を進めたいタイプだったというのに、この変貌に自分でも驚いている。

理由はわかっていた。第一に、今は大きなプロジェクトを抱えていないからだ。第二に、家に一真がいるからだ。

たまにスマートフォンで一真からメッセージが入り、夕食をリクエストされたり、何かを買ってきてくれとねだられたりするのが可愛い。

自分と年の変わらない男に「可愛い」というのは変だが、それでも秋山の料理を食べているときの一真の屈託のない笑みは「可愛い」としか表現のしようがないものだった。

――めちゃくちゃ、おいしそうに食べるよな。無心というか、頬張りがちというか。

張り合いがある上に、ちゃんと餌（えさ）を与えなければならない雛（ひな）でも飼っているような気持ちになる。

――何か、……無邪気なんだよな、あいつ。

初対面のときには、狼の目をした怖い男だと思った。それくらい野性味にあふれていて、近づきがたいほど暴力的だった。秋山にからんできた若者を一発でのしていた。

だけど、そんな狼を家に連れて帰って世話をしたら、どんどん懐いてくれる。役に立とうと、簡単なものだが料理もしてくれる。先日作ってくれた焼きそばは、大きく切られたキャベツが甘みを増していて、焦げたところが香ばしくておいしかった。

野生の生き物だから料理などまるで知らなかったようだが、教えてやればその通りに作ってくれる。特に包丁使いが素晴らしくて、みるみるうちに上達していくさまが秋山にとっては楽しかった。たまに手抜きをしすぎて味が違うこともあるが、食べられないほどではない。

――今日は俺が作る番か。何を作ろうかな。あいつ、何、好きだっけ？

仕事中にこんなふうに関係ないことを考えるのも、以前はなかったことだ。

ふと、一真にマカロニグラタンをリクエストされていたことを思い出したが、冷蔵庫にある食材を先に消費しておきたい。だとしたら、今夜は、何を作るべきか。

――鍋か。

残り野菜が、それで一気に片付く。それなら、メインの食材を買って帰ればいい。魚か肉か、どちらにしようか。

そんなことを考えながら、定時までに終わるように仕事を片付けていく。

秋山は帰国を機に、部署が変わった。今までは国際インフラ部門だったのだが、次の大きな事業までの間にとりあえず配属されたのは、輸出、輸入に関わる国内の貿易業務だ。海外から大量にモノを仕入れ、国内で売りさばく。簡単に言えば、そういうことだ。

ただ日本でモノを売りさばけばいいだけではなく、輸入の際の通関業者や海運会社、船会社、航空会社。代金の決済で関わる国際銀行や、はたまた税関との連携など、業務範囲は多岐にわたる。輸入元との生産調整まで、仕事範囲に含まれることもある。

秋山は今まで貿易事務には関わっていなかったので、まずはその流れから覚える必要があった。

だからこそ、部下に教わりながら基礎を学んでいるところだ。

——この際、新しい輸入品を販路ごと開拓しろって言われてるけど。

今の日本で何が売れるのかと考えているのだが、なかなか難しい。ひたすら安さだけを求めたら、いずれ手詰まりになる気がする。かといって、必要とされる商品が何だか見いだせない。

考えながらも業務を続けていたとき、フロアのどこかから険悪な声が聞こえてきた。

秋山の上司である部長が、プロジェクトリーダーの村上（むらかみ）と何やら言い争っていた。新入りなだけに、どんな内容かと耳をそばだててみる。どうやら輸入した高級ブランデーを、どこかの商社に出荷するかしないかについて言い争っているようだ。

「ですが、このままですと、年末までの目標が達成できません。『酒よし』さんはずっと付き合いのあるところですし、ここは少し様子を見るつもりで。年末商戦を控えて、商品がないと先方も困りますし」

そんなふうに村上が食い下がったが、部長がキッパリと拒絶した。

「いくら付き合いが長くとも、回収不能になる可能性があるのなら許可できない。それに、格別、換金性が高いものばかり注文されてるだろ。あそこは借金がかさんで、よくないところとも付き合っているとも聞く。あらためて、信用調査を――」

取引先から代金を回収するのは基本中の基本だから、常に相手の財務状況をチェックするなどの管理体制が、社内で構築されている。支払期限までに支払いがされなかったら、即督促がなされることになっていた。

どうやら問題になっている取引先は、先月分が未払いだったようだ。それでも、担当者の意見としては、きっと持ち直すだろうからここで恩を着せておくべき、というもののようだ。

だが、部長は同意見ではなかった。

しばらく話し声が聞こえていたが、なかなか決着しない。自分もいずれは、倒産しそうな取引先に、商品を納入する、しないで悩むことになるのだろうか。

秋山が勤めているのは日本有数の商社であり、ときには融資もする。そのてこ入れ次第で、取引先の生死が決まることもある。だからこそ、担当者も必死になるのだろう。

――そう思うと、責任は大きいな。

だが、そろそろ退勤時間だ。大きな仕事が始まると残業も多くなるので、暇な時期にはさっさと帰ることが推奨されていた。

部長と村上の話がどう決着するのか気になりながらも、秋山は机の上を片付けた。それから、さっさと帰宅することにした。

早く一真の顔が見たかったからだ。

最初は居候（いそうろう）は月末までの約束だった。その期限まで、あともう数日のところに迫っている。だが、一真は新しいアパートを探しているようには見えない。出て行くつもりはあるのだろうか。

一真の素性や、仕事内容についてはいまだにわからないままだ。言葉遣いやガラは悪かったが、それでも第一印象を秋山は大切にしている。

――悪人ではないはずだ。

その男気が何かと伝わってくる。

一緒にスーパーに行ったときには『食わせてもらうんだから』と秋山に財布を開かせよ

うとしないし、年寄りがモタモタしているときには手助けまでしている。

店員に横柄な態度は取らないし、そういうところに人柄は出るというのが秋山の考えだ。

そんな一真がもうじきいなくなってしまうと思うと、どこか名残惜しいような気持ちが生まれた。

秋山には兄弟がいなかったし、就職して一人暮らしを始めてからもずっと一人だった。お付き合いした女性もいたが、同棲までいったことがない。他人とずっといるのが落ち着かず、疲れるのだったが、一真が相手だと気を遣わないいし、修学旅行みたいで楽しい。

——男同士だからかな。

着のみ着のまま、秋山の家にやってきた一真は、びっくりするほどモノを増やさないでいる。さすがに歯ブラシは個別のものを買ったものの、シャンプーやその他のものは、全く気にせずに秋山のものを使っていた。食器も自分用を買うようなことはなく、ずっとあるものを使い続けている。

服も、秋山のカジュアルなもので気に入ったものは、勝手に着ているようだ。

ある日、一真が突然家に帰らなくなっても、片付けは簡単にすむのだろう。

そろそろ一度、月末までの期限について話をしておかなければならない。だが、秋山のほうも一真と一緒に暮らす楽しさを知ってしまったせいで、なかなか切り出せない。

ただ秋山としては、なし崩しに押し切られるのは苦手だった。

月末までに期限を切ったのは、部署が変わったばかりで、自分の勤務体制が読めなかったからだ。だが、次に控えているプロジェクトは国内のようだ。前回、家を買ったばかりなのに五年も海外に飛ばしたことを、考慮してくれたのだろうか。

――だから、……月末まで、という理由はなくなったんだけど。

期限は気にせず、のんびりアパートを探せばいい、という話をするべきだろう。

だが、もう一つ、秋山には重大な懸念材料があった。

――一真と、……した、……ような気がする。

そのことを考えるとき、秋山は真顔になってしまう。

先日、昇進祝いにおいしい酒を飲んで、へべれけに酔っ払った。そのときにこたつで酔い潰れて、一真にしゃぶられた記憶があるのだ。

――すごく、気持ちよかった。それに、あのときの一真の顔……。

上目遣いの一真と、何度か視線が合った。きつい狼の目が、快感に甘く溶けていた。支配欲と、興奮と愛しさと性欲がぐちゃぐちゃに入り交じり、たまらない快感とともに達した。

――めちゃくちゃ、……気持ちよかった。あんなの、初めてだ。

夢かもしれない。一真がそのようなことをするはずがない。身体に痕跡は残っていなかった。だが、鮮明に一真の表情が記憶に焼きついている。

淫夢のときには、リアルな体感が残るものだと知っていても、なかなか腑に落ちない。あれは、たぶん現実だったと思うが、互いにそのことには触れてはいない。何でもないようにふるまっていた。

だから、どんなつもりだったのか、一真に確かめられてはいないのだ。

――遊び？　酔狂？　それとも、……俺に対して何らかの気持ちがあった？

正直、同性と付き合うことを考えたことがない。普通に女体が好きだし、欲望の対象も女性だ。だが、あのことがあってから、やたらと一真のことが気になっていた。ことあるごとに、一真の姿を追っている自分に気づく。そのたびに、何かじわりと胸に広がっていく感情があった。

――何か、可愛いんだよな、あいつ……。

目が合うと、たいてい笑ってくれるのが嬉しい。

気持ちが華やぐような、身体が浮き立つようなこの感覚は、どこか覚えがあった。

――けど、……どうするかなぁ。

今なら、まだ引き返せる。

だけど、このふわふわとした気持ちは捨てがたかった。今後、どのようにこの気持ちが育っていくのかわからなかったが、自分の気持ちには嘘をつきたくなかった。

すぐにでも帰宅して、今夜は鍋を作ろうと思っていた秋山だったが、会社の最寄りの駅に着いたところで連絡が入った。

海外赴任していた同期からで、今はたまたま日本に戻っているのだという。一緒に飲まないか、と誘われたら行かないわけにもいかず、情報収集も兼ねて駅前で飲むことになった。

二軒目まで付き合ったので、店を出たのは日付が変わる寸前だ。

──遅くなっちゃったな……。

同期と別れて一人で駅に向かいながら、秋山はぼんやりと考える。

一真はどうしているのだろう。

店で同期を待っている間に、ＳＮＳで『今日は遅くなる』とメッセージを入れておいた。その返事はすぐには戻ってこなかったから、歩きながら確認する。すると、一真から返信が入っていた。

『俺のほうも、用事があるから遅くなる』

一真のメッセージは、いつも簡潔だ。どこに行くのか、誰と会うのか、いちいち書くようなことはない。

だけどチラッと頭をかすめたのが、先日、一真が会っていた男だった。ボディガードまで引き連れていた端整な顔立ちの男は、ヤクザとしか思えない風体をしていた。

しかも、一真に気があるように見えた。その男と会っているのか、と考えると、何だか落ち着かない気分になる。

だけど、そんなことはないはずだ。当の一真は、この上もなくつれない態度だったから。

——けど、……本当に仲が悪かったら、そもそも顔を合わせるはずがないからな。

どういう関係なのか、やたらと気になる。このところ、一真のことを考える時間が増えていた。

そのとき、駅に到着したので、ホームへと上がっていく。

ちょうど電車が到着したところだったので早足になったが、秋山は隣のドアから同じ車輌に乗りこもうとする見覚えのある後ろ姿を発見した。カーキ色のカジュアルなフード付きジャケットから、蛍光ピンクの派手なシャツがのぞいている。少し襟足が長い後頭部に、バランスのいい身体つきのこの男は、一真ではないだろうか。

——だってそれ、俺のジャケットだし。

蛍光ピンクのシャツは一真のものだが、ろくに着替えを持たない一真に服を好きに着られている。

秋山のものでは少しだけサイズが大きいのか、ぶかっとした感じになる。だがそれが一真の引きしまった身体つきを強調する形になって、とてもいい。

「すみません」

どうにか人をかき分けて近づいてみたら、やはりそこにいたのは一真だった。

「おい」

声をかけると、振り返る。その瞬間、物騒で冷ややかだった一真の表情が、劇的に変化した。きつい目が和らぎ、嬉しそうに笑いかけられる。そんなのを目の当たりにすると、秋山は何だか息苦しくなってしまう。

――惚れられてる……？

そんなふうに、うぬぼれそうになるほどだ。

男相手にそのような感情など抱いたことはなかっただけに、まだ戸惑いも大きい。一真に好意を抱かれるのは悪くなかった。秋山のほうにも、恋したときのようなふわふわ感がつきまとう。

男も悪くはないんじゃないかと思ってしまうのだから、厄介だ。

まっすぐに向けられてくる一真の眼差しが、心地よく秋山の心をくすぐった。

「今、帰り……？」

問いかけてみると、一真は無言でうなずいた。

どこに寄ったら、同じ帰り道になるのだろうか。そんなふうに考えて一真を見ていた秋山の視線は、一真の頬に飛んでいる赤黒い染みで止まった。

「おまえ、ここ……、汚れてる？」

何の汚れだろうと不思議に思いながら、秋山は指先で軽くこすってみる。だが、すぐには落ちなかったから、ごしごしと指を動かした。そのうちに、血の染みだと気づいた。独特な固まりかたをしていたからだ。

「へ？」

一真は自分の顔が見えないからか、秋山のなすがままになっていた。それから、ふと思い当たったように言ってくる。

「あ、返り血かな？」

「返り血って、おまえ……。何かあったのか？」

秋山の会社は丸の内だ。その周囲の繁華街はサラリーマンで賑わい、ガード下にも雑多な飲み屋がある。あまり治安が悪いところではないが、そのあたりで誰かと喧嘩でもしたのだろうか。

「ま、ちょっと」

一真はバツが悪そうに視線をそらした。ポケットから手を出して、ティッシュでも取り出そうとしたらしいが、そのときに拳に血がついていることにも気づいたらしい。

そんな一真にポケットウエットティッシュを差し出しながら、秋山は声を潜めた。

「向こうからからんできたんだよ」

「あんま、喧嘩するなよ。そういうのは、全部自分に返ってくるから」

一真のこの喧嘩っぱやいのだけは、許容できない。とはいえ、以前、助けてもらった恩義があった。

秋山はできるだけ、他人とトラブらないようにしている。下手に恨みを買ったら、思わぬ形でしっぺ返しを喰らうケースがあるからだ。秋山の周囲の人間たちも、自分が体験した逆恨みの話を、教訓のように飲みの席で語っていた。

――損して得取れ、っていうのが、最初の上司の教えだった。

一真は秋山が差し出したウエットティッシュを抜き取り、拳の血の汚れを落としながら、言ってきた。

「大丈夫だよ。相手はちゃんと、選ぶことにしてる」

「選ぶって?」

「誰かれかまわず、喧嘩をふっかけてるわけじゃねえってこと。堅気には手を出さねえ」

「堅気って、……おまえ、堅気じゃないみたいに聞こえるけど」

秋山はあらためて、一真を見た。

疲れた仕事帰りのサラリーマンが多いこの電車の中で、一真は同類には見えなかった。

髪が少し長いし、服装もカジュアルだ。何より隙がなさすぎる。

「まぁ、かつて助けられた身としては、あまり強く言えないけど。今回も、誰かを助けてやったんだろ？　……そこそこにしとけよ」

そんなふうに、言っておく。一真を悪人だと思いたくはなかった。

喧嘩でアドレナリンが分泌された名残なのか、一真の頬にはピンク色が残っていて、やけに色っぽい。目の毒だ。

――何だろ、俺。

秋山は動揺しながら、視線をそらす。

今まで、男に性的な興味を覚えたことはなかったはずだ。なのに、一真がそばにいるだけで、鼓動が乱れ始める。

今まで、一真に同性の恋人はいたのだろうか。その相手に、あんなふうに口淫をしてやったのか。

そんなふうに考えてみただけで、胸がジンジンと灼けてくる。

またあんなことになったら、果たして自分は拒めるだろうか。

葛藤していると、一真が電車の手すりを持ち直しながら、思い出したように言ってきた。

「そうだ。今日、買い物しといたぜ。米が切れそうだったから、十キロ買っといた。あと、ウイスキーを買ったから、今度飲もうぜ」

ウイスキーという言葉に、内心でビクッとする。ああいうことになったのは、ブランデーでへべれけになった後だったからだ。

それに、月末まであと少しなのに、米を買い足すというのは、まだ秋山のところにいたいという合図に思えて仕方がなかった。

「おまえ、いつまでいるつもりなの？」

抑えきれずに、口にしていた。

答えを聞くのが、少し怖くもあった。出て行くとあっさりと言われてしまったら、少しずつ膨れ上がっているこの気持ちの行き場がない。

だからこそ、返事を聞く前に、急いで言葉を重ねていた。

「悪かったな。重かったんじゃないか」

「大丈夫。俺、力だけはあるから」

秋山は食い入るように一真の横顔を見ていたのに、その当人は窓の外に視線を向けて、視線にも気づかずにいるようだ。

何でもなく言われたので、秋山は思いきって言ってみた。

「決まらなかったら、もう少しいてもいいけど」

口にした途端、一真がビックリしたように秋山のほうを向いた。それから、花がほころぶように笑った。

「本当に？」

その笑顔がまぶしくて、秋山はドギマギする。

「ああ。どこか、いいとこ見つかりそうなの？」

「いいや、なかなか見つからなくてさ」

一真と言葉を交わしながら、秋山の胸の中でどくん、どくん、と、心臓が高鳴っているのがわかる。

一真をもっと喜ばせたい。

そんな感情がどんどん育っていく。

今日は何だか、秋山が優しい。

秋山の異変に、一真は気づいていた。

満員電車の中では一真をかばうように身体を置いてくれたし、どこか表情が柔らかい。やたらと目が合う。

——何だろ、これ。

その変化を一真も感じ取らないわけにはいかなかった。理由がわからなくて不安なのに、それでも浮かれてしまう自分がいる。

帰宅するなりお風呂を沸かしてくれて、いい匂いのする入浴剤を入れてくれた。先に使えと言ってきたので、血の汚れが気になっていた一真は、その言葉に甘えることにした。

――血しぶき、わりとすごい。

大きめの血の染みは秋山が拭ってくれたが、顔全体に小さな血しぶきが散っている。それをまず洗面台の鏡で落としてから、一真は浴室に入った。

湯に浸かりながら、今日の仕事をぼんやりと思い起こした。

先日、競売物件に居座る暴走族の少年たちを追い出す仕事をしてからすぐに、高林から新しい仕事を依頼された。今日はその新しい仕事を片付けたところなのだ。

依頼されたのは、ヤクザまがいの半グレを軽く痛めつけることだ。

この類の仕事が、最近はとても多い。それだけ、半グレたちが調子に乗っているということだろう。

高林の部下はターゲットの写真を手渡し、その男が入り浸っているという飲み屋の情報を伝えてきた。

スーツに眼鏡、中年太り、頭髪が薄いという特徴の、堅気っぽい男だったが、やっているのはろくでもないことらしい。その資料もつけてあった。借金で首が回らなくなった人間を海外に連れていき、その臓器を限界ギリギリまで奪うそうだ。

術後の措置も適当で、帰国後すぐに亡くなったので、被害者の親族からどうにかこの男に報復して欲しいと、高林のところに依頼があったそうだ。

高林からのメッセージが添えられている。

『一度徹底的に痛めつけて、高利貸しなどやってられんと思わせろ』

確かに、その男がしたとされることはひどすぎた。

報復としては、その男を同じルートで海外に行かせて、内臓を奪わせるぐらいが妥当だろう。だが、高林は徹底的に痛めつけるだけでいいと言う。

そのことにかすかな引っかかりを感じながらも、その仕事を今日、遂行したのだ。風呂に入ってリラックスしながらも、一真はどこか、納得しないものを感じていた。

——何か、……反応が……妙だったんだよな。

ヤクザでない半グレは、喧嘩にも慣れていないし、腕っ節も強くはない。それでも、奇妙な反応だった。

あらためて、今日の出来事を思い返してみる。

一真はターゲットがいる店に入ってから、まずは間違いを防ぐべく、その男の姿を動画に収めた。それを高林の部下のところに送り、この男で間違いないという返答を得た。

その後で、店を出たその男を尾行し、人気のないところで声をかけ、襟首をつかんで締め上げた。

――『何でこんなことを』と聞かれたから、『てめえの胸に聞いてみろ』と応じたら、今までの相手は納得した顔をした。ヤクザをいくら舐めてはいても、そのショバで好き勝手していたら、いずれは報復があると覚悟してもいるのだろう。

だが、その男は理解できない、といった顔だった。みっともなく大声を上げて、警察に助けを求めたのだ。

――あれが半グレの態度か？

後ろ暗さがない。半グレは警察と関わるのを嫌がるが、本気で保護を求めていた。

そのことが、ずっと引っかかっている。それでも、高林に報告すると、ご苦労という返事があった。仕事はこれで終わりらしい。約束されていた礼金が、相場よりもずっと高かったことも今さらながらに気になってくる。

前の仕事から間がなくて、高林の部下に渡された資料をそのまま鵜呑(うの)みにしてしまった。いつもなら資料を渡されても自分でツテをたどってその裏を取るのだが、秋山との生活に浮かれていて、手抜きしてしまったことは否めない。

――ん……。やっぱ、気になるな。調べ直そう。

だが、その悩みもお風呂に浸かった後で、秋山と顔を合わせたら吹き飛んだ。

秋山が入れ替わりで風呂に行き、上がってくるのを待って、二人で酒を飲むことになったからだ。

先日、秋山と飲んだ酒があまりにもおいしかったから、また飲みたくていい酒を買ってあった。

「飲もうぜ」

だが、風呂上がりの秋山にそう言ったとき、一瞬だけ戸惑った顔をされた。

もしかして前回、酒で酔って、一真にしゃぶられたことを覚えているのだろうか。

——けど、あれから何も進んでねえ。

互いにそのことについては触れないまま、過ごしてきた。一真にとっては、忘れて欲しいという気持ちが強い。

——だってここ、居心地がいいから。

自分が暴走しすぎたという自覚があった。

グラスと氷と簡単なつまみの準備をして、飲みながらいろいろな話をした。秋山は海外経験が多くて、その土地で食べたいろいろなものや、変わったものの話をしてくれる。ボーッとしながら、その話を聞くのが好きだ。

一真は海外に出たことがなかった。だけど、秋山の言葉から、その国の空気を感じ取る。スパイスの混じったような、異国の空気を。

「うまそーだな」

食べものの話をされたときに言うと、秋山が笑った。

「行ってみれば？　どっか気楽に行けるところはあると思うぜ」

「だな」

とは言ったが、元ヤクザだから、パスポートの取得やビザなどの手続きに制限があるのかもしれない。

ほとんど旅行などしたことがなかった。組の幹部に連れられて、いくつかの大都市に仕事で行ったことがあるぐらいで、自分から旅行をしようなどと考えたことはない。ずっと狭い世界にいたのだ。

「国内のどっか、行ってみたいな。おすすめの場所ある？」

「どういうところに行きたい？　温泉？　それとも、遊べるところ？　観光とかするタイプ？」

「そーだな」

一真は少し考える。自分が何をしたいのか、どこに行きたいのか。そんなことすら今までろくに考えたことはなかった。

ましてや、それを他人に尋ねられたことはない。秋山が、自分にそんなことを聞いてくれるのが何だか嬉しかった。

ふとつまみがなくなったことに気づいたのか、秋山が立ちあがった。

「何か、準備してくる。かまぼこ、好き？」

「え？」

「お土産でもらったんだ。ウイスキーには合わないかな？　合いそうだけど」

キッチンで、かまぼこを切っている姿が見える。その姿にそそられて、一真もふらりと立ちあがり、カウンターの内側に入りこむ。

普段はあまりその身体に触れられないのだが、酔っているときならベタベタできる。自分より少しだけ背の高いその背中に背後からくっつき、肩に顔を埋めた。

「危ないよ。あまり動かないで」

秋山は触られることよりも、包丁を持っていることのほうが気になるらしい。秋山がバランスを崩すほど寄りかからないようにしながら、一真はお許しが出たような気がして、背後から回した手を微妙に動かしていく。

腹筋や脇腹のあたりの肉づきを、服越しに確認した。

がっしりとしていて、しがみつきがいのある身体だ。首筋に顔を埋めて、その匂いをもっと嗅ごうとしていると、かまぼこを切り終えた秋山が、一真の口にそれを肩越しに一切れ押しこんだ。

「ン」

それをもぐもぐと食べながら、切り終えたかまぼこを持ってこたつに向かう秋山にくっついて戻る。何だか、自分たちの関係は色気が足りない。

つまみに合わせて次は日本酒に切り替え、またぐだぐだと酒を飲んだ。

気づけばこたつの天板に額を乗せて突っ伏していた。秋山の姿は見あたらない。寝ぼけ眼（まなこ）で探していると、向かい側で秋山がこたつに下半身を突っこんで眠っていた。こたつが邪魔になって、その姿が見えなかったようだ。

一真は腰を上げ、その秋山に膝立ちでにじり寄った。

「へへ」

自分の前で、またこんなふうに隙だらけになって眠るなんて、襲ってくれと言うようなものではないだろうか。

まだ酔いで全身がふわふわしていた。これが都合のいい夢の続きのような気がしてならない。

邪魔になるこたつを押しのけ、畳に手をついて秋山の顔をくっつきそうな近くからのぞきこんでみる。気持ちよさそうに寝息を立てている顔を見ていると我慢できなくなって、気がつけば唇を覆っていた。

柔らかな唇の感触が、酔った身体にはひどく気持ちよく感じられた。むにむにと、唇を食べるように動かすのが止められなくなる。

鼻が何度もぶつかったので、顔の角度を変えて唇の弾力を味わっていると、自然と唇が開く。すかさず、その中に舌をすべりこませた。

そこまでしたら、さすがに秋山も目を覚ましたようだ。だが、目立った抵抗はなく、しばらくは寝ぼけたまま舌を預けてくれる。だが、ハッとしたように身体が動いた。

それでも、顔は背けられない。むしろ、もっと没頭したいといったように一真の首の後ろに手が回された。

——え？　これ、何？

やはり、これは夢ではないだろうか。そんな思いが強くなり、だったら覚めないうちに好きなようにしてしまえ、という思いに突き動かされる。

より深くキスがしたくて、舌が淫らにからんでいく。

「ッン」

唇の合わせ目から漏れた、少し切羽詰まったような秋山の息遣いにもひどく興奮した。

——キスは、……好きだ。

特に秋山とのキスは格別だ。唇の弾力がおいしいし、唾液すら甘い。

何より頭を抱えこまれて、その腕に力をこめられているというシチュエーションがたまらない。これでは、一真のほうからキスが止められない。だんだんと積極的になってくる秋山に求められるまま、口腔内を明け渡した。気づけば秋山のほうが、大胆に舌を使っている。

——ま、酔っ払っているから、自分を誰かと勘違いしているのかとも思った。

身代わりでもいいけど。

最初は一真も秋山を植草と重ねていたのだ。今や目を閉じても浮かぶのは秋山の顔だけになっていたが、虚よりも実を取りたい。

キスだけでひどく身体が熱くなって、下肢まで張り詰めていた。

ようやく秋山の腕の力が緩んだので、一真は顔を離した。それでも視線は外さず、乱れた息のまま言っていた。

「しようぜ」

声はかすれていた。

秋山はそんな一真としっかりと視線を合わせ、それから小さくうなずく。

さすがにここまでくると、これが現実だとわかっていた。秋山も目を覚ましているのだろう。ただ互いにひどく酔っ払っている。

前回はなし崩しだっただけに、そんなふうに秋山の意思を確かめられたことで、嬉しさとともに照れくささが胸いっぱいに広がっていく。そのついでに、尋ねていた。

「覚えてる？　前のこと」

「……忘れられるはず、ないだろ」

困惑した様子で秋山が言ってくるのをにやつきながら受け止め、一真は秋山の腰をまたいだ。着ているものを脱いでいく。興奮しすぎているのか、酔いなのか、すでに少し汗ばんでいた。

その気だというのなら、男同士のセックスを、全て秋山に教えてやりたい。だが、その腿を秋山につかまれた。

「あのさ。……今日は、俺にさせてくれないかな」

思いがけない申し出に、ビックリした。

「させてって、何するつもりだよ？　できんのかよ？」

「わかんないけど、……わからないところは、教えてくれれば」

秋山がそこまで積極的であることに驚く。だが、セックスで主導権を握りたがる男も多いから、それなのかもしれない。

秋山の手が脇腹に触れてくるのをくすぐったく感じながら、一真は自分の上体を見た。いかにもな男の身体だ。そこそこ胸はあったが、それは乳房ではなくて胸筋で、余計な肉がそぎ落とされている。最近はあまりトレーニングをしていないから腹筋はクッキリとしていなかったが、女体が好きな男性が興味を示すとは思えない。こんな身体でノンケが発情できるのか、急に不安になってきた。

「無理することはねーぜ。何だったら、目隠ししてやろうか。好きな女のことでも思い描いている間に、気持ちよく抜いてやる」

一真のほうはそれでもかまわない。この身体を味わわせてもらえればそれでいい。だが、秋山は憤慨（ふんがい）した顔を見せた。

「そんなの、何の意味もないだろ。けど、そっちが照れくさいっていうのなら、目隠ししてもいいけど」

「お、……おう」

秋山が目隠しするのかと誤解して、一真はそう遠くないところに置かれていた秋山のネクタイを引き寄せた。だが、その手から秋山がネクタイを抜き取った後で、一真の顔に巻きつけてくる。

「へ？　ネクタイするのは、俺なの？」

「そのつもりだけど」

「……しゃーねーな」

思惑とは違っていたが、それで秋山が納得するならいいか、と一真は好きにさせることにした。

秋山は目隠しをした一真の身体を、丁寧に誘導してこたつ敷きの上に押し倒してきた。それから、首筋に顔を寄せてくる。

「っ……」

軽く舐められただけで、ビックリするほどその刺激が響いた。

視覚が封じられているからどこを刺激されるのか予測ができず、全身がとても過敏になっている。秋山の舌のぬめぬめとした感触を感じ取るだけで、肌がピリリと帯電した。

秋山は男を相手にするのは初めてのようだが、セックスは初めてではないのだろう。唇が首筋から鎖骨をなぞり、胸元まで落ちていく。

触れられるにつけ、乳首が硬く凝ってムズムズしてきた。そこにいつ触れられるのかまるでわからないだけに、ことさら感覚が研ぎ澄まされる。

唇が触れるよりも先にいきなり乳首をつまみあげられ、大きく上体が跳ね上がった。身構える余裕もなかった。

「ツン……っ」

「ここ、好き?」

秋山の声が聞こえた。反射的に首を振ったが、乳首をつままれてくにくにと指の間で弄ばれると、そこから広がる感覚の強さにまともに声が発せられなくなる。

そのとき反対側の乳首に唇が落ち、その小さな部分を舌先でぬめぬめと舐め転がされた。

「つぁ、……つんぁ、……あ、あ、あ……っ」

指と舌でのそれぞれ違う刺激を、いやというほど送りこまれる。

あまり派手な反応は恥ずかしいからしたくないのに、目を塞がれることで刺激が増幅されていた。乳首をつままれ、舌を蠢かされるたびにどうしても声が漏れてしまう。

そんな一真の反応に気をよくしたのか、秋山はその小さな部分に吸いつき、ちゅっ、ちゅっと細かく吸いあげた。その合間に指で淫らに転がされるから、耐えきれないほどのぞくぞくとしたうねりが下肢に満ちる。

「んぁ、……あ……っ」

いつの間にか漏らしていた声が、自分のものとは思えないほど甘く響いた。男のあえぎ声なんて気持ち悪く思われるかもしれないから、極力セーブしようとしているのに、どうしても抑えきれない。

「っんぁ、……そこ、……ダメ、……触れ……んな……っ」

「だけど、すっごくコリコリしてるぜ。……気持ちよくない？」

「るせ」

「男でも、こんなにも乳首で感じるんだ？」

感心したようにつぶやかれたが、一真も乳首でここまで感じたのは初めてだ。

指と舌で、乳首を引っかくような繊細な刺激を送りこまれると、腰がガクガクと震えてくる。一真はもがくように首を振った。

この過剰なほどの快感に、困惑していた。

早く胸元から引き剝がしたいのに、身体から力が完全に抜けていた。されるがままでいることしかできない。

「は……っ」

吐き出す息がひどく熱かった。

目隠しされているから、どうしても感覚が小さな乳首の凝りに集中していく。

「っん、……、あ……っ」

さらにじゅっと吸われると、胸元を反り返らせてしまう。

舌を乳首に押しつけながら動かされると、硬くなったペニスが痛いぐらいに張り詰めていく。腰がもぞもぞしてならない。

「んぁっ、……も、……よせ……っ」

あえぎながら言ったのに、秋山は唾液ごと吸いあげてから、舌を押しつけて尋ねてきた。

「力加減は、これくらいでいい？　もっと強いほうが好き？」

すでに感じすぎていたから、もう十分だ、と伝えたい。だが、秋山はこんな感じとでも言いたげに、乳首に歯を立ててきた。

「ン」

チリッと一瞬の痛みがあったが、それはすぐに今までを遥かに上回る快感に変化した。

その一瞬の痛みの後では、乳首で受け止める感度が一段上がった気がする。

だからこそ、身体が同じ刺激を求めてしまう。

何も考えられずにあえいでかすかに胸をのけ反らせたのを、秋山はおねだりだと理解したらしい。さらに乳首をチリッと噛まれて、その痛み混じりの快感が電撃のように下肢までつき抜けた。

「っんぁ、……っあ……っ」

だが、その声に混じっていた気持ちよさを、秋山は見抜いたらしい。

「気持ちいい？」

「……ン」

「小さいから、加減が難しいな」

そんなふうにつぶやきながらも、秋山も限界まで硬くなった乳首の感触が楽しいのか、唇で弄ぶように弾いたり、唇と指の位置を左右入れ替えたりして、敏感なところをいじり続けてくる。

もはや乳首は神経の塊（かたまり）のようになっていた。歯を立てられるたびに、ビクンと上体がのけ反る。

その合間に柔らかく乳首を舐められると、とにかく気持ちがよくてどうしたらいいのかわからなくなってきた。下肢が服の中で、痛いほど張り詰めて、ジンジンしてくる。

「っん、……っぁ、あ…………んぁ、……っ」

「すごく、気持ちよさそうだな。普段のおまえは、乳首で感じるはずないって顔をしてるくせに、……こんなになって」

「どんな……だよ……」

言い返してやったが、きつく尖った乳首をピンと指で弾かれると、その刺激にあえぐしかない。反対側の乳首に吸いつかれると、余計な言葉など発せられないぐらいに、ただ舌の刺激を受け止める存在になっていた。

ちゅくちゅくと舐められるたびに、どうしようもなく腰に響く。

乳首だけでイキそうになっているという自覚があった。さすがに、前戯だけでここまで追い詰められたのは初めてだ。

──どう……しよ。……ヤバ……い……。

必死で感じるのをセーブしようとしても、もはやそれすらできない。

「っん、……っあ……っんぁ……」

左側をねっとりと舐められながら、反対側は指先で引っ張るようにしてこね回される。

さらにきゅっとひねるようにされると、イキそうなのにイケないといった快感が継続していた。

乳首を執拗（しつよう）に刺激され続け、もうこれ以上は耐えられないと思った瞬間、強く乳首をひねられた。そのまま引っ張られて、苦痛混じりの快感に、一気に下肢で快感が弾けた。

「っんぁ……っ！　……あっ、……あ、……あ、あ……あ……っ」

ガクガクと身体が震え、腰が跳ねあがる。

だが、強い快感がゆっくりと引いていくのに合わせて、乳首だけでイッてしまったという恥ずかしさにいたたまれなくなる。

視界をネクタイに奪われていたからこそ、我を忘れてしまったのだが、自分はどんな姿を秋山に晒していたのだろうか。

慌てて顔に手を伸ばして、ネクタイを引き下ろした。その途端、秋山と目が合った。

どんな顔をしたらいいのかわからなくて、ただ呆然と見返すだけだったが、秋山は照れくさそうな顔をして、微笑みかけてきた。

「このまま、続けてもいい？」

自分とここまでして、秋山が興ざめしていないことにホッとした。

「いいけど、……今度は、俺が抜いてやるよ」

一真は身体を起こして、まずは自分の衣服の後始末をしようとした。下着も脱がないまま、イってしまった。こんなことになるとは思わなかった。

相手はノンケだから、あまり性器を晒さないほうがいいだろう。そんな判断でこそこそ濡れた下着を脱いでいたのだが、何やら見られている。そのあげくに、秋山が手を伸ばして服を奪おうとしたので狼狽した。

「なに……すんだよ！　汚れてるって……っ！」

必死で下着を死守しようとしていたら、足首をつかんでぐいっと身体を仰向けにひっくり返された。あらがっているうちに両足首ともつかまれ、足の狭間を見せつけるような格好にされ、膝を固定される。

これでは、せっかく隠そうとしていたところが丸見えだ。

「てめ……っ、何……っ」

「大丈夫。全部、見せてくれ。これからもっと、恥ずかしいことをするんだろ?」

秋山の手が、足の付け根に移動した。さらにその奥の秘められている部分をぐっと指で広げるようにされて、全身が大きく震えた。

「ここに、……入るのか?」

怖々と尋ねられる。

入るはずだが、まだ心の準備も身体の準備もできていない。前回したのはどれくらい前だったか、すぐには思い出せないぐらいだ。

「入る、……はずだけど、……どう……かな」

だけど、秋山の指がそこにあるだけで、全身が甘く溶け崩れる。その指が体内に入ってくるところを思い描いて、粘膜がきゅっと締まった。

——どう……しよう……。

懸命に考えた。そこまではしないほうがいいだろうか。それとも、いっそ突っ走ってしまったほうがいいのか。

悩む一真よりも、秋山のほうが積極的だった。

「ダメか?」

「ダメじゃねーけど、……その、……準備とか、してねーから」

それでも、せがまれるとさせてやりたくなる。

何より秋山のことが好きで、そうなることをさんざん思い描きながら自慰をしてきたのだ。まさにそれが実現しそうになっているのに、ここで引くのはもったいない。

押せばどうにかなりそうだと、秋山は一真の態度から見抜いたのかもしれない。少し悪っぽく、ささやかれた。

「準備とか、……する。……どうすればいい？」

一真はそれを受けて、腹をくくるしかなかった。

太腿をつかむ秋山の指の存在を、いやというほど感じている。その指で、ひどく疼く体内をかき回してもらうのが現実になるなんて、昂(たかぶ)ってならない。

「っ……だったら、……まず、……オイルだな。何か、ある？」

「キッチンのでいい？」

秋山の身体が離れて、オープンキッチンの内側に消える。

――本気かよ？

自分から仕掛けたくせに、なかなか心の準備ができない。

ドキドキと鳴り響く鼓動を落ち着かせる時間もなく、秋山がオリーブオイルを持って戻ってきた。

「これで指を濡らして、……中を広げていけばいいわけ？」

「そう。けど、嫌なら自分でやるから」

「いや。……やってみたい」

また膝の後ろに秋山の膝を合わせるようにして足を開かれ、秋山に恥ずかしい部分を晒す格好にされてしまう。

見られていると思うと、目隠しされていたときよりも余計に恥ずかしい。何より感覚が集中しているのは、大きく足を広げさせられた奥にある後孔だ。

「指、入れてもいい？」

そんな言葉に、一真はうなずくしかない。

「いいぜ」

その途端、秋山の指が入ってきた。たっぷりとオリーブオイルで濡らされて動きはスムーズだったが、久しぶりのリアルな指の存在感に息を呑む。

「ッン……っ」

どうしても違和感があったから、それ以上の侵入を阻もうと締めつけてしまう。必死になってそこから力を抜こうとしていたが、なかなか思うようにならない。

根元までぎっちり指をはめこまれると、その長くて関節がしっかりとした指が体内にあることを克明に思い知らされた。秋山の指だと意識すると、ぞくっと身体が痺れた。

――前にしたのは、……いつだったっけ……。

頭の片隅でまた考えたのは、その一本の指がもたらす衝撃がそれだけ大きかったからだ。きつい、とか、狭い、とかいうのとは、少し違う。その指があることによって、身体の感覚がめちゃくちゃかき乱される。自分の身体なのに、制御できそうにない。

さらに指がぬるりと動き、ゆっくりと抜き出された。指は完全に抜き出されないまま、奥まで戻ってくる。そのたびに湧きあがってくる快感に息が詰まった。

ひくりひくりと襞(ひだ)が蠢き、指にからみつく。秋山にもそれは伝わるのか、締めつけを緩和しようとするかのように、中をぐちゃぐちゃにかき回される。

「……ん、……っんぁ、あ……っ」

ただ中に指を入れられているだけで、ひどく息が上がった。やたらとその指のある部分に感覚が集中して、散ってくれない。

かき回されるたびに生まれる中のうねりに意識を奪われていると、秋山の声が聞こえた。

「そんな顔、するんだ」

自分ではどんな顔をしているのかわからない。だが、眉は寄っているし、唇も開きっぱなしだ。まともに目を開くこともできない。

「っん、……っあ、あ、あ、あ……っ」

秋山の指の動きが速くなり、ひくつく襞に指が容赦なく抜き差しされた。それだけでも感じてならなかったのに、弱いところを見つけられて、そこに集中的に指が当たるようにえぐられたら、もはや声にならない。あえぎ声ばかりが吹きこぼれる。

「っんぁ、……っあ、……ああ、あ……」

腰がガクガクと痙攣し始めた。またイキそうになっていることに、一真は狼狽した。必死で抑えこもうとしているのに、馴染(なじ)みのある射精前の感覚が腰を満たしつつある。

「ここで、こんなにも感じるもんなんだ？」

秋山にも、感心したように言われた。

「ちが……っ」

否定はしてみたものの、指を二本に増やして感じるところを集中的にえぐられると、あまりに気持ちがよくて唇の端から唾液があふれた。

「っんぁ、……っああ……っ」

そんな一真の姿にそそられるのか、秋山の勃起した硬いものが太腿にぐっと押しつけられる。

それを感じ取って、一真はぞくぞく震えた。早くこれを入れさせてやりたい。秋山にもこのたまらない快楽を分け与えたい。だが、指だけでもこんな状態だというのに、大きくて熱いものをぶちこまれたら、自分はどうなってしまうのだろうか。

——おかしく……なる……。

たっぷりとオリーブオイルを塗りこまれて、中はぐちゃぐちゃだ。指に粘膜が柔らかくからみつき、襞が開いていく。

「っん、……ん、ん、ん……っ」

狭い中の粘膜に、指の腹が幾度となく擦りつけられる。感じすぎて中が痙攣するようになると、指は浅いところに逃げ、焦らすようにかき回される。深い部分の刺激が欲しくて、中がぎゅっと締まった。

秋山は空いた手で、乳首をなぞりながら言った。

「ここ、……気持ちいいんだ。……やらしい音、聞こえてくる」

どこで、そんなセリフを覚えたのだと思う。

羞恥を覚えながらも、早く次の刺激が欲しくてただうなずくと、指はまた感じる深みまで戻ってくる。

そこに指を二本とも押し当てられ、えぐるように刺激されると、腰が大きく跳ねあがった。

「っんぁ、……ぁ、あ、あ、あ、あ、あ、あ」

指が上下するたびに、頭が真っ白になる。感じるところを正確にえぐられるたびに腰から広がるのは、射精につながる強烈な疼きだ。

秋山の指の動きに合わせて一真の腰が迎え入れるように動き、さらに感じると中に力が入って抜けなくなった。

「っんぁ、あ……っあ、……ダメ、……まだ……っ」

イきそうになっているのを感じて、一真は首を振った。さきほどイったばかりなのに、またイかされたらたまらない。そもそも自分は、中だけでイったことはなかったはずだ。

だが、秋山の指は容赦なく一真を追い詰める。その指が往復するたびに、電流のような甘ったるい快感が腰を満たす。もはや中はきつく締まったままで痙攣が止まらない。

「っぁ、……っぁ、あ、あ……っぁあああ……っ！」

ついに、そこから膨れ上がる快感に呑みこまれた。

大きくのけ反りながら、一真は絶頂に達した。忙しない息をしながら、ぐったりと畳に沈みこむ。

だけど、気がかりなのが自分ばかりイっていることだ。秋山も気持ちよくしたいし、そうなっているところも見たい。

だからこそ、かすれた声で誘いかけた。

「……今なら、……ゆるゆるだから、……っ、てめぇのでっかいのも、呑みこめるぜ」

だるくてたまらなかったが、膝を立てて誘ってみる。身体が弛緩して、まるで力が入らない。入れるなら今が絶好のチャンスだ。

秋山がごくりと唾を飲み、自分の服をはだけさせていくのがわかった。

それから、秋山が軽く性器をしごきながら、一真の足の間に腰を近づけていく。

ここまで自分に欲情していることに、一真は愛しさを覚えた。責任を取って、秋山に快感を与えてやりたい。

秋山は避妊具をつけることすらもどかしい様子で、その準備がすむなり、先端を押し当ててきた。それが正確に自分を貫くことができるように、一真は腰の位置を微調整して導いてやる。

「入れる、よ」

その声にごくり、と息を呑んだ直後、秋山の硬いものが体内に突き立てられてきた。

「んぁ、……っぁ、……あ、……あ……っ」

久しぶりの性器は、ひどく大きく感じられた。入らないかと思ったが、それでも一真は腰を浮かして受け入れてみようとする。ギリギリのところで一番太い先端部分を呑みこめたらしく、不意に楽になった。だが、中に入りこんだものは、そのままさらに奥を目指して突き立てられていく。

楔(くさび)の形をしたものに身体の内側から強引に押し広げられ、馴染みのある苦しさに一真は必死になって息を吐き出した。声を吐いた分、また押しこまれた。

「っは、……ぁ、……あ、あ……っあ……っ」

熱い塊は限界まで一真の身体を押し広げた後で、軽く引かれた。だが、またぐっと力がこめられる。

性器が熱い粘膜で包まれる感触に、秋山は夢中になっているのかもしれない。動きは慎重ではあったが、グイグイと強引で容赦はなかった。

――だけど、そのほうがいい。

一思いにやって欲しい。

そんなふうに願ったのが伝わったかのように、秋山の硬いゴツゴツとしたものが、身体の内側をさらに強烈に押し広げる。苦しくもあったが、腰の奥からだんだんと気持ちよさも湧きあがってくる。

「ン、……っぁ、……あ……っ」

挿入されて、ここまですぐに感じることもなかったはずだ。だが、秋山相手だと相性がいいのか、押し広げられる苦しさがすぐに快楽に変わる。

イったばかりだから深く入れられるたびに腰がガクガクと震えて、立て続けに達しそうになっている自分に、一真は気づいた。だが、さすがにそれだけは回避したい。体内に向かう意識を散らしたくて、一真は目を上げて秋山を見た。

「っんぁ、……っあ、……あ、あ……っ」

秋山は上気した顔をして、根元まで収めたものでゆっくりとリズムを刻もうとする。中にその大きなものがあるだけで、圧迫感とともにぞくぞくとした快感が湧きあがってくる。

「んぁ！」

突きあげられるたびに、ぞくりと鳥肌が立った。今までは挿入されるのは苦手で、どうにか快感を得るために自分で性器をいじるぐらいだったというのに。

だが、今はそれは必要ない。一真の性器はガチガチになって、腹のあたりに透明な蜜を垂らしているほどだ。

「んぁ、……っあああ、あ、あ……っ」

最初は射精直後の脱力のせいだったが、今は気持ちよすぎて中に力が入らない。そのせいか、いつになく柔らかくなっている体内を、大きなものが自在にえぐっていく。大きすぎて、息が詰まる。ここまでの大きさは、初めてだ。しかも、こんなに気持ちがいいのも。

「あっ、あっ」

だんだんと中に収縮力が戻ってきたが、最初に秋山のものを受け入れていたからか、動かすのに支障はなかった。感じるところをなぞられると、ときどきぎゅうっと力が入る。そんなのが秋山にとっては気持ちいいのか、反応を示したところを繰り返しえぐられて、とろとろになる。

「んは、……っは、……は……っあ……っ」

息を乱しながら、一真は秋山を見上げた。ここまでだらしない顔を晒したくはないのに、唾液すら呑みこむことができない。

そのとき、秋山が一真のペニスをつかんだ。それをしごきあげながら、身体の内側からも前立腺を強烈にえぐりあげた。

「っっぁあああ……っ」

一真はなすすべもなく達した。

イった後には、うめきも出ない。味わったことのない深い絶頂感が下肢を満たす。

達したのを、秋山はすぐに察したらしい。何せその手が吐き出された蜜で濡れている。根元から先端まで液体を押し出そうとするかのようになぞられて、全身に響く快感に一真はうめいた。

「っん、……あ、……触ん……な……っ」

だが、そのまま中でペニスをぬるりと動かされて、ひくりと痙攣して締めつけた。握りこんだペニスをぬるりぬるりとしごきあげながら、秋山は突き上げる動きを繰り返す。それどころか、動きが力強く激しくなってきた。

「っんぁ、……っあ……っあ、……んぁ……っ」

感じすぎて、もうやめろとばかりに首を振ると、目尻に口づけながらささやかれた。

「ごめん。あと少しだけ、……我慢して」

「ン」

「中、とろとろで……気持ちがいい」

感じすぎて、一真はどうなっているのかわからない。秋山に握りこまれていたペニスは萎えることなく、まだガチガチだ。

立て続けの絶頂感の後のこととて、ひたすら気持ちよさが継続していた。

秋山のものがとろとろの部分に出し入れされる感覚が、やけに鮮明だ。硬い熱いものに、中をこじ開けられるのがたまらなく悦くて、それに夢中になる。

からみつく襞に逆らうように、秋山のスピードが上げられた。

今までとは比較にならないぐらいの鋭さで、秋山のものが深くまで突き刺さる感触に呑みこまれていく。

さらに、秋山は上体を深く倒し、ペニスから手を離した後で一真の足を思いきり開かせ、乳首を吸ってきた。

「っんぁあ、……っぁ、……あ、……あっ」

中にガツガツと押しこまれるのに合わせて、限界まで硬く凝った乳首に歯を立てられる。それがたまらなくて、身体を預けるしかなかった。乳首を吸われ、舐められ、さんざん下肢をむさぼられた後で、秋山がイクのに合わせて新たな絶頂へと高められていく。

「っんぁ、あ……っ」

射精の快感にがくがくと腰が揺れたが、もはやまともに精液が出ていない気がする。そのせいか、なかなか射精感が収まらずにいると、その腰をつかまれ、とどめとばかりに秋山に突き立てられた。

「……っんぁ……っ！」

ゴム越しでも、秋山の性器が大きく脈打ったような感覚を感じ取る。

それを受け止めて、一真もたまらない快感を覚えた。

〔五〕

——すごく、悦かった……。

昨夜のことが、どうしても秋山の頭から離れない。仕事中だというのに、ことあるごとに思い出してしまう。

同性である一真と、身体の関係に踏み出すことにためらいがあった。しかも一真は、恋人というわけではない。気持ちも確認できない状態でセックスしてしまったのだが、そのことに後悔がないぐらい、夢中になっている自分がいるのだ。

——……男同士があんなにも悦いとは知らなかった。

新しい扉を開いてしまった。

最中の一真の艶っぽすぎる表情が脳裏に灼きついて、消えてくれない。

——ヤバい。思い出しただけで、発情しそうだ……。

職場で、それはマズい。

どうにか気分転換をしようと席を立ってコーヒーを入れ直したが、すぐにまた一真のことを考えてしまう。

久しぶりだと言っていたから、今朝は腰がつらそうだった。だけど、何でもないようにふるまおうとするのが、秋山の目には可愛く見えた。

そんな一真を椅子に座らせ、その前に朝食を運んだりして、甲斐甲斐しく世話をしてきたのだ。

——あいつ、前は野良猫みたいだったからな……。

なかなか人に懐かない猫を、すっかり飼い馴らしたような達成感がある。

素性が知れない相手ではあるが、いっそこのまま一緒に暮らしてもいいのでは、と思えた。それほどまでに、一真との生活が潤いあるものに感じられたからだ。以前は帰るだけの家だったのに、今では楽しく思えてならない。

何より、一真が自分に向けてくる態度や感情が、秋山には愛しく感じられた。

不器用ながらも料理や掃除や洗濯もしてくれるし、何かと役に立とうとしてくれる気持ちが嬉しい。

今後も一緒に暮らしたいのだが、やはり引っかかるのは、その得体の知れなさだった。

——何やって暮らしてるヤツなの？　あいつ。

どんな素性だろうと、今の一真が好ましければそれでいい。

そう割り切ろうとしても、一真にはどこか不可解なところがあった。やたらと強いし、よくわからない交友関係がありそうだ。

何の仕事をしているのかも、いまだにわからない。会社という組織に属さなくても、個人で金を稼ぐ仕事はいろいろある。そのことを秋山も知ってはいるのだが、もう少し一真のことを踏みこんで知りたいと思うのはわがままだろうか。

——ヤバそうなヤクザと、話をしていたこともあったもんな……。

彼らと平然と話をしていたということは、裏社会とも関係があるのだろうか。昨日は、顔に血しぶきまで飛んでいた。

今朝、洗濯をしていたとき、昨日着ていた一真の服に血の染みがあったことにも気づいている。一真はいったい、目の届かないところで何をしているのか。

今度、しっかりと聞き出すべきかもしれない。

そんなことを考えていたとき、ふとフロアのざわつきに気づいた。

電話を取った若い社員が、対応に困ったように周囲に視線を投げかけている。気になった秋山は、立ちあがってその机に歩み寄った。

「どうかした？」

「あ、秋山さん。その、……部長について、警察から」

「警察？」

まだ受話器を手にしたままで、通話中らしい。

秋山はその電話を代わることにした。

「失礼いたしました。部下の、秋山と申しますが」

昨夜、部長が会社近くの繁華街で暴漢に襲われ、病院で検査を受けているということだった。

ただの喧嘩だと思われるものの、仕事上でトラブルがなかったかどうか聞きたいということなので、秋山は部長の様子を見がてら、病院まで足を運ぶと返答する。

ついでに、先日、部長と何やら口論していた村上にも同行してもらうことにした。タクシーで病院に向かいながら、その中身について詳しく聞き出してみる。

タクシーの後部座席に並んだ村上は、誰にも話さずにいるのが不安だったのか、そわそわしながら話してくれた。

「先日の件はですね。……以前から取り引きがある、老舗リカー販売会社についてなんです。……だいぶ資金繰りが危なくなってて、債権がらみで、よくないところと関係があるという噂もあるんですよ。ですけど、自分はそこの担当者と以前から親しくさせていただいていて。……ノルマに達しないときには、追加で発注までかけてくださったこともあり、今度はこっちが助ける番だと思ってたんですが」

村上はスマートフォンをギュッと握りしめた。

「そこから大口の注文が入ったとき、あやしいとは思ったんですよね。倒産寸前の企業がたくさん注文しておいて、その料金を払わずに終わらせるって、よくある話ですから」

「計画倒産か。それでもおまえは、その注文を受けようとしたんだろ？」

「あやしいとは思ったんですけど。それでも、まだそこが救えるのなら救いたいという気持ちがありまして。ですが、昨日、部長が暴漢に襲われたって聞いて、急遽、その担当者に連絡を取ってみたんです。ですが、とっくに社を辞めていて」

タクシーに乗る前に、村上がどこかに電話をかけていたことを思い出す。それがその電話だったらしい。

「発注書には、その社員の名前が使われてたのか？」

「そうです」

「だったら、その社員の名を使って、別の社員が発注をかけてきた？」

「私もそこは疑問だったので、電話で聞いてみたんです。そしたら、途端に電話を切られてしまって」

「え？」

「何か、雰囲気悪いですよね。気になります」

村上の顔色が悪い。

他にトラブルがないか聞いてみたが、村上はそれ以外の情報がないようだ。

病院に着いても部長は検査中ということですぐには面会できなかったが、その間、警察に事情を聞かれることになった。村上は法務に相談せずに外部に社内の情報を流すことにためらいがあったようだが、秋山が下手に隠しだてしないほうが後々問題にならないと伝えると、腹をくくったようだ。すでに警察沙汰にもなっているのだ。

まず『心あたりのあるトラブル』という件で、その発注について詳しく説明する。

警察はその老舗リカー会社『酒よし』に強く興味を示していた。今、担当している刑事は生活安全課だが、もしかしたら別の部署の刑事が詳しく事情を聞きに来るかもとも言っていた。『酒よし』にからんで、他にも事件が起きているのだろうか。

そのあたりは警察から聞き出せないまま、秋山と村上は部長の検査がすんだという知らせを受けて、病室に向かった。

部長はいくつか顔にガーゼを貼っていたが、ケガ自体は大したことはないそうだ。だが、頭を路上で打っていたので、念のため一日入院ということになったらしい。

暴行事件について尋ねると、社に近いいきつけの飲み屋で軽く数杯飲んだ後で外に出ると、路地で呼び止められた。振り返るなり、殴られそうになったという。

だが、部長はギリギリのところでそれを見切って、警察に救いを求めながら必死で逃げ出したそうだ。だが、その最中に転んで、地面に顔から突っこんだという。傷はそのときのものだそうだ。

「え？　つまり、殴られてはいない、と？」

「殴られそうにはなったんだ。私が見切らなければ、絶対に殴られていた。見知らぬ男に、不可解に襲われそうになったことは、間違いないな」

「ちょっと待ってくださいよ。いきなり殴られそうになったって、どういう理由です？　部長が、店の女将に手を出そうとしたとか？」

モテそうには見えない部長だったが、村上はそのように尋ねている。

「いや、背後からいきなり襟首をつかまれて、言われたんだ。『てめえら半グレが、デカい面するんじゃねえぞ』」

——半グレ？

秋山はドキッとした。普通のサラリーマンをしている分には、あまり接することがない単語だ。秋山が聞くのは、一真が口にしたときに限られる。だからこそ、一真のことが真っ先に頭に浮かんだ。

部長が襲われたという日、一真が職場の最寄り駅から乗ってきたのを思い出した。顔に血がついていた。

まさか、と思いながらも、秋山は念のため尋ねてみた。

「それって、何時ごろでしたか？　犯人はどんな風体です？」

「八時過ぎかな。犯人は若い男で、カーキ色のフード付きのジャケットを着て、派手なピンクのシャツを着ていた。あまり顔は見えなかったが、俊敏そうで喧嘩慣れしてた」

——え？　その格好……！

秋山の鼓動が跳ねあがる。まさにその日、一真はカーキ色のフード付きのジャケットに、蛍光ピンクのシャツを着ていたのだ。

——どういうことだ。

秋山は、顔から血の気が引いていくのを感じた。偶然、同じ服装をしていた者がいたとは思えない。

どうして一真が部長を襲うのだろうか。いや、一真だと決まったわけではない。だが、一真の頬に飛んでいたのは、部長の血としか思えなくなってくる。

その男は部長が転び、大きな声で助けを呼ぶのを見ると、殴ろうとしていたのを止めて助け、鼻血が鼻に入ったので咳こんで血を吹きかけられるのに辟易して、ティッシュまで渡したそうだ。救急車を呼んでくれたのもその男らしい。

救急車が到着したときには、その男はすでにいなかったそうだ。

——ティッシュ？

その言葉に、秋山は混乱する。どういうことだろうか。一真の拳についていた血も、そのときの部長の鼻血なのだろうか。

言葉を失った秋山の代わりに、村上が部長に話しかけた。

「やはり、……脅し、でしょうか」

それが、村上には気になって仕方がないらしい。村上は鞄の中から、一枚の紙を取り出した。

「今朝、『酒よし』から追加の発注が入ったのです。前回のは部長の命令で断ったのに、です。この担当者はすでに会社を辞めていて、誰が発注したのかわからないのですが。……警察に、……相談します？　それとも、社内の法務に？」

『酒よし』から新たな発注が入っていたことまでは、秋山はタクシーの中で聞かされていなかった。部長はその発注書を見て、強ばった顔になる。

警察が事情聴取に来ていることだし、当然、『酒よし』について相談するし、今回の暴行事件についての被害届を出すのかと思っていた。だが、部長は声を潜めて、秋山と村上に言った。

「警察には、これ以上は語るな。襲われそうにはなったが、実際のところは一人で転んだだけだからな。うちの総務部から、私に秘密裏に直接連絡が入った。近日中に、おまえたちにも連絡が来ると思う」

「どういうことです？」

まるでわけがわからない。だがそのとき、部長の妻が病室に顔を見せたので、それ以上は聞けなくなった。

村上と一緒に会社に引き返しながら、秋山の頭は『酒よし』の件と、一真のことでいっぱいだった。

『酒よし』は借金がらみで、会社を乗っ取って好きに操ろうとする反社会的勢力に乗りこまれたのだろうか。

部長の今回の事件も、その反社会的勢力が発注に応じようとしない相手を脅すために仕掛けたのだろうか。

——だけど、一真がどうして部長を……。もしかして、『酒よし』の裏にいる反社会的勢力から、一真がそのような暴力的な仕事を受けたとか？

一真がヤクザのような男と、顔を合わせていた光景が脳裏に浮かぶ。

そのことについて、秋山はどうしても確かめずにはいられなかった。

——秋山。遅えなぁ。

秋山のマンションにあるキッチンの中には、おでんのだしのいい香りが充満している。だしは溶かすだけの簡単なものだ。それで好きな具をぐつぐつ煮ればいいと教えてもらって作ったのだが、好物のジャガイモも大根も卵も入れたから、一真はご満悦だった。

いつもなら、夕食前に秋山からＳＮＳで連絡が入る。何時ぐらいに帰るとか、今日は飲み会があるから遅くなるとかメッセージが入り、その後で、夕食はどちらが作るとか、何にするかとか相談する。

今日は昼ぐらいに、一真が夕食におでんを作るとメッセージを送ってあったのだが、いまだに返信がない。

――どうしたんだろ？　ま、おでんだから、今日食べなくても明日でも。

そんなふうに考えて、秋山の帰りが遅かったら、一人で食べようと考える。だが、何とはなしに秋山の帰りを待ってしまったのは、昨日、深くまで結ばれた後だったからだ。

――また酔っ払ったついでに、してしまったけど。

しらふじゃできねえのか、と自分で突っこみを入れるが、それなしではきっかけがつかめないのだから仕方がない。それでも、秋山に愛された記憶が残り、自分が自分ではないようなふわふわした感じがずっと続いている。

――すごかったなぁ。昨日の、秋山。

それなりに経験を積んでいたはずの一真が、とろとろになってどうしようもなくなるほどだった。その快感が身体の中心にずっと居座っている。今夜にでも次をねだりたいような、それはさすがに身体の負担が大きすぎるような、そんな当惑ですらくすぐったい。

何より心に刻まれたのは、セックスの最中に秋山から感じ取った愛情だった。

――性欲だけじゃなかった、ような気がしてる。

一真のほうも身も心も丸裸にされて、秋山に惚れているのが全部伝わってしまったのではないだろうか。

今朝も優しかった。腰が痛くて動けなかった一真を毛布ですっぽりと包みこみ、温かなコーヒーやスープをその前に置いてくれた。一真を見る秋山の、優しい眼差しを覚えている。

——今日もあんなふうに甘っちょろい顔をされたら、俺はどうすればいいんだ？

一真はそんな甘い恋愛に慣れてはいない。恥ずかしくて逃げ出したくなる。だが、本当は嫌いではない。

もだもだしながら一人で赤面していたとき、玄関のあたりで鍵を開ける音がした。

——あれ？

秋山が戻ってきたところだろうか。

おでんを食べるかどうか聞くために、一真は火を止めて出迎えに行った。

「おかえりー！　おでん、食べる？」

だが、秋山が一真を見た眼差しは、今朝のものとは少し異なっているように感じられた。その唇が自分にキスをしたし、その腕が一真を抱きしめた。なのに、今見る秋山の表情はビックリするほど硬い。

——え？

そのことに、一真は戸惑った。

恋人同士になれたような感覚があっただけに、どうしてそんなふうになったのか理解できない。

今日はおでんまで作ったのだ。

全部同じタイミングで具をぶちこんだから練り物はクタクタになってしまったが、それでもおいしくできたはずだ。

ちゃんと一人で一から十まで料理ができたことを褒めてもらいたい気持ちがあったというのに、秋山は視線も合わせてくれない。

そのことが、どうしても気になった。

「どうかした?」

「いや」

「おでん食べる? 作ったんだけど」

繰り返し、言ってみる。

だが、秋山はそれを聞いて嬉しそうな顔一つしない。靴を脱ぎ、玄関から上がってきても何も言わない。

「いらねーの? 食べてきた?」

そんな態度にしょんぼりしながらキッチンに引き返そうとすると、その背に追いすがるように秋山が言ってきた。

「いや。食べる」

「食べる？」

その言葉に小躍りするような気分になって、一真は振り返った。思わず、にっこりと笑う。それからキッチンに引き返し、秋山が部屋着に着替えて戻ってくるまでの間におでんを皿に盛り上げて、こたつの上まで注意深く運んだ。

缶ビールも用意したところで、秋山が姿を見せた。ビールで乾杯してから、おでんを小皿に移す。

熱々の分厚い大根を頬張る。よく煮えていた。それを食べているだけで幸せな気分になっていたというのに、おでんに手をつけないまま、硬い表情の秋山がおもむろに切り出してきた。

「おまえ、……何をして稼いでるの？」

どこか苦しげに聞こえる声だった。どうして秋山に突然そんなことを聞かれるのかわからなくて、一真は首を傾げる。

「何って、……いろんなこと。便利屋って言っただろ」

そんな答えしかできない。

いったい秋山はどうしたのだろうか。自分が何をしていようと、秋山には関係ないはずだ。

秋山がそれでは納得した顔を見せないので、もう少し付け足してやる。

「人助けだよ。ちょっと困ったことがあったときに、有料で相談に乗ってんの」

「その『相談』っていうのは、相手に暴力を振るって、病院に送りこむことも含まれているのか？」

いきなりそんなふうに言われて、一真はギョッとした。

いったい、何のことだと思う。

だが、心あたりが一つあった。昨日の夜、秋山の職場のそばにある繁華街で、半グレを痛めつけて欲しいという依頼があり、それを遂行した。

まさか、その件だろうか。

「いつも俺が相手にしてんのは、半グレだぜ？」

だが、口にしてから、昨日の襲撃対象が半グレに見えなかったことを思い出した。

──堅気っぽかった。最後まで。

暴力沙汰には慣れていないようで、襟元をつかみあげただけでひいひいと悲鳴を上げていた。大声で警察を呼んだ。頼まれていたのは半殺しだったが、何だか勝手に転ばれた。地面に顔を打ちつけ、鼻血まで出して血まみれになっていたから、哀れに思って救急車まで呼んでやったのだ。

顔に血が飛んでいたとは思わなかったが、それらは助け起こしたときについたのだろう。

この腰抜けだったら殴るまではしなくても、ここで脅す効果はあったはずだ、そう思って終わらせたのだが、どうしてその件について、秋山が知っているのだろう。

「どういうことだ？」

問い返す声がかすれた。

秋山はそんな一真を、正面から見据えて口を開く。

「俺の直属の上司が、昨日、おまえと会った駅のそばの繁華街で襲われて、病院送りになった。今日見舞いに行ったんだけど、部長から聞き出した犯人の風体が、おまえにそっくりなんだ。フード付きのカーキのジャケット。派手な蛍光ピンクのシャツ。時間も場所も一致してる」

「何てめえ。俺を疑ってるの？」

軽く笑い飛ばそうとした。

だが、一真の頬は自分でもビックリするほど強ばっていた。秋山が相手だとここまで嘘がつけなくなるとは思わなかった。何より昨日の相手が秋山の上司だと理解したことで、全身がショックに冷たくなっていた。

――どういうことだ。俺は堅気に手を上げようとしてたってことか？

殴っていないとはいえ、相手は逃げようとして転び、病院送りになった。

高林からの依頼だ。その内容に、間違いがあったのだろうか。

今まで高林が回してきた仕事では、そんなことはなかった。なのに、こんなことが起きたのが納得できない。手違いがあったのだろうか。

呑気(のんき)におでんを食べているどころではなく、まずは高林に直接確認しようと席を立った。だが、秋山はそれを逃避と見たようだ。

「待てよ。説明しろ」

怒りを秘めた眼差しに、一真は動けなくなった。ここでその犯人が自分だと認めたらいいのか、知らないと突っぱねるべきなのか、すぐには判断がつかない。

秋山のことが好きだ。この温かな居場所に安住したいと考えていた。秋山に触れたり、触れられたりするたびに、いつになく高揚(こうよう)した。

たぶん、出会ったときから秋山に惚れている。

だからこそ、その相手である秋山をごまかしてはならない。

「俺が犯人だったら、どうする？」

秋山はそんな返事をされるとは思っていなかったらしく、大きく目を見開いた。

「まずは、理由を知りたい」

「仕事だったからだ。依頼があった」

一真は正直に口にする。自分が襲ったのが秋山の上司かどうかは確定していないが、そうである可能性が高い。

「人を傷つけるのが、おまえの仕事なのか？」

「誰かれかまわず、ってわけじゃねえ。ちゃんと相手は選んでる、……つもりだった。今まで一度も間違いはなかったはずだが、……今回に限っては失敗したかもしれねえ」

「手違いなどあるのか？」

「かもしれねーな。特に、……仲介者がわざとした場合は」

苦々しく吐き出した一真の脳裏に浮かんだのは、高林の顔だ。

あの男が自分によからぬ感情を抱いていることは、何度もしつこく口説かれたからわかっている。そのたびにすげなく振ってきたものの、一真と秋山の関係を知って、荒療治に出た可能性があった。

——俺と秋山の間を引き裂こうとして。

だけど、そんなとばっちりで、一真の上司が病院送りになったというのは、不謹慎すぎて口に出せない。

とにかく高林のところに行き、ことの真偽を問いただしたかった。そんなふうに思っていたが、秋山の言葉が心臓をえぐった。

「……出て行ってくれ」

秋山は一真を見ていなかった。苦しげに片手で顔を覆っていた。

そこまでの反応をされるとは思わなかったが、今は顔も見たくない状態らしい。力の入った肩と腕に、一真はそれを感じ取る。

一真は裏社会に身を置いていて、殴るのも殴られるのも慣れっこだ。だが、秋山にとっては仕事に暴力が介入するのは非日常らしい。だからこそ、耐性がないのだろう。

今の秋山の状態では、まともに話はできない。

そう判断した一真は黙って立ちあがり、自分の部屋に戻った。一人になってから、さきほどの秋山の言葉を反芻(はんすう)した。

――出て行ってくれって、それって……。

もう二度と一真の顔も見たくないし、関係も絶ちたい。そういう意味かのかもしれない。

そんな絶交宣言を突きつけられたことで、頭が真っ白になった。考えてみれば、自分がヤクザだと知った途端、てのひらを返したように冷ややかになるヤツらがいた。それを思えば、秋山がそんな態度に出たのも当然だと思えてくる。

――そっか。……あっという間に、関係って終わるんだな。

昨日、秋山と身も心も結ばれた気がして有頂天(うちょうてん)になっていただけに、その言葉は心臓にきた。全身が冷たくなる。だけど、納得もできた。悪いのは秋山ではない。元ヤクザということを隠していた自分のほうだ。

――それに、……秋山の上司も襲っちまったし。

この問題は根が深い。何事もなかったことにはできない。秋山と今までのように過ごす

のは不可能だ。

——そっか。出て行くか。もともと、月末までの約束だったしな。

全身の力が抜けていくような深いため息を漏らして、一真は部屋を片付け始めた。

いつもの癖で、自分のものはできるだけ増やさないことにしていた。たいがいのものは秋山から借りていたから、まずは衣服をまとめて洗濯機のところまで運んでいく。

自分の持ちものは、財布とスマートフォン。それに、少しの衣服。これさえあれば、数日暮らすことができる。あとは、行った先で必要に合わせて買えばいい。

万年床になりかけていた布団からシーツを剝がして布団を押し入れにしまい、部屋を綺麗に掃き掃除した。それから、部屋に置きっぱなしだったマグカップや耳かきや爪切りなど、細かなものを元の場所に戻しに行く。

そうして綺麗になった室内を見回したとき、ギュッと胸が痛んだ。

もうここことはお別れだ。秋山のところは、今までで最高に居心地がよかったというのに。

肌触りのいい布団。一回使って捨てるものとは違う、ふかふかのタオル。長く使うことを考えた調理器具や家具。

そんなものに囲まれた暮らしは快適で、何より秋山が一真を気遣ってくれているのが伝わってきた。

——大切にしてくれた。

夕方になれば、二人の夕飯のためにSNSを交わした。そんなことなど初めてだった。おいしいご飯を作ってくれたし、休みの日には布団に乾燥機もかけてくれた。ふかふかの布団の、気持ちよさを知った。

——けど、ま、しゃーねーか。俺にとって、そういうのって、贅沢だし。

身のほどは知っている。

どうにか社会の片隅で、生きていくことができればそれでいい。

他人に気を遣われ、快適に過ごせる贅沢さなど知らないほうがよかった。

未練を捨てるためにもざっと室内を見回しただけで、一真はきびすを返した。持って出るのは最低限。バッグに入るだけのもの。

——あ、金。

同居を決めるとき、まとまった金額を秋山に渡したことを思い出したが、その精算がすんでいない。だが、金には困っていないし、しばらく暮らしていけるだけのものはある。迷惑料として、それを収めてくれればいい。

そう考えて、玄関に向かった。

玄関のドアを開けたとき、「世話になったな」とぼそりと言ってみたが、どこからも返事はなかった。声はむなしく消える。秋山は自分の部屋に閉じこもっているのだろう。

そのままエレベーターで一階まで降り、外に出た。夜気がひどく身に染みた。

――コート、……真冬用のに替えておくか。

服装は秋山のところに転がりこんだときの、スーツとコート姿に戻っている。このコートでは、やや薄い。

まずは池袋(いけぶくろ)のトランクルームまで行ったほうがいいだろうか。

眠る場所も決まらずに夜の闇の中をうろついていると、この世界に何のよるべもないことを思い知らされる。

秋山のところにいたのはほんの二週間ほどだったが、幸せな時間だった。

――俺が、安住できる場所。

いや、トランクルームに行く前にまずは高林のところに乗りこみ、秋山の上司を襲わせたあの事件について問いただしておくべきなのかもしれない。

さすがは日本で五指に入る指定暴力団だけあって、加龍会の本部は警備が厳しかった。

一真はそこに何の約束もなく乗りこんで、若頭の高林に会わせろとねじこんだ。すげなく追い返されそうになったが、そうはいかない。殺気立って力ずくで押し入ろうとしていたところで、いきなり玄関のインターホン越しに許可が出た。

『奥で若頭が待っています』

おそらく防犯カメラの画像などから、高林が一真だと認識したのだろう。

もみあっていた組員が手を離すと、和服を着た別の組員がやってきた。その組員に先導されて、一真は滅多に踏みこまない加龍会の本部に入っていく。

案内されたのは、応接間だった。これは映画のセットか、と突っこみたくなるほど、墨痕黒々とした額装の文字が壁に飾られ、キンキラキンの壺や刀が飾られた下品な部屋だ。

そのソファにふんぞり返っている高林に、一真はまっすぐに近づいた。

「てめえ、嘘をつきやがって。おととい、俺がぶん殴ったジジイは、全くの堅気じゃねえか！」

「堅気じゃねえなんて、俺は言ったかな」

「っざけんな！」

とぼける高林の胸ぐらを、一真はつかみあげようとした。だが、そうされることを予期していたかのように、高林はその手を避けて立ちあがる。

今日もいかにもヤクザ然とした、派手なスーツ姿だ。オールバックに固めた髪は黒光りしているし、銀のネクタイがギラギラしている。ネクタイピンにはこれみよがしな大きなダイヤがついていた。スーツもタイもシャツも堅気の色彩ではない。

高林は殺気立つ一真を見据えて、目の端で笑った。

「てめえが、あのとぼけた色男のところでよろしくやってるって聞いたからな。だけど、てめえと堅気の新しい彼氏とは住む世界が違う。早々に別れることができて、ダメージが少なくすんだことに感謝しろよ」

「てめえ。やっぱり、わざとだな」

高林の意図が理解できて、怒りで憤死しそうになった。

「余計なお世話だ。てめえのお節介など、クソの役にも立たねえよ！」

もう一度高林につかみかかろうとしたが、そこに屈強なボディガードが割りこんできた。背後にも、さらにボディガードが迫ってくる。

「どけ！　高林に用があるんだよ」

一真は低い声ですごんだ。ここは加龍会の本部だ。いくら一真の腕が立とうが、多勢に無勢でかないっこないとわかっている。

だが、それでも一発殴ってやらなければ収まらないほど、腹が煮えたぎっていた。

ボディガードの腕を振り払おうとあがきながら、一真は高林に叫んだ。

「認めるのか。てめえが、半グレでもねえ堅気を襲えって、俺に命じたことを」

「こんなに簡単に、てめえが引っかかるとは思わなかったぜ。いつもはちゃんと裏を取るくせに、浮かれすぎてたんじゃねえのか」

さすがにその言葉には、ぐうの音も出ない。いつもなら、ちゃんと調べている。今回だけ確認を怠ったのは、やはり浮かれていたからだ。

それでも悔しさが薄れるわけではない。

「るせ！　てめえの話だから、問題はねえと思ったんだよ！」

言ってから、これでは高林を信じていた、という告白も同然だと気づいて、一真はより凶悪な表情になった。ボディガードをぶん殴り、一人床に沈めてから、肩で息をつく。

高林もそのことを感じ取ったのか、頬を緩めていた。

「堅気なんかと、てめえがうまくいくはずがねえ。諦めて、とっとと俺のものになっちまいな。そのほうが、絶対にうまくいく」

またいつもの口説きかと、一真はげんなりした。

「てめえなんか、好みじゃねえ。血が凍った人間だからな」

一真は高林の本質を見抜いていた。自分が心を強く惹かれるのは、情けのある人間だけだ。かつて一真に目をかけてくれた植草や秋山。彼らは、一真に居場所を与えてくれた。

だが、高林はめげた様子がなかった。

「だったら、本当に凍ってるかどうか、試してみるか？　てめえ相手だったら、意外とあったかいかもしれないぜ」

「るせえ。そんなの、確かめるまでもねえ。そもそものにやけ面が気に食わねえんだよ」

何度ののしってやっても、高林にはこたえた様子がない。それだけ、自分に自信があるのだろう。

「そこまで本気で怒鳴りこんだってことは、よっぽどあのタワマンの彼氏が気に入ったようだな。だったらてめえがなびくまで、その彼氏の仕事先にいろいろ仕掛けてやる。せっかくのデカいもうけ口だ。たっぷり搾り取らない手はねえ」

「俺とあいつとは、もう何の関係もねえよ。家を追い出されたからな」

一真は低く吐き捨てた。

高林は加龍会のナンバーツーだ。その残虐さと、頭の切れは裏社会に浸透している。この男に狙われたら、いくら大商社だろうが食い物にされる。

高林は楽しげな瞳を一真に向けた。

「だったら、なおさらだ。おまえが関係してないのなら、遠慮なくそこから金をむしり取れるな」

――てめえ……！

秋山にこの危機を伝える必要はあるだろうか。この口調では、すでに会社に食いこんで、甘い汁を吸おうとしているように聞こえる。それとも、口先だけか。

それを考えていたとき、早足でやってきた舎弟が声をかけてきた。

「ボス。そろそろ、飛行機の時間が」

「ああ」

「佐渡行きの特別便ですので、別のを手配するわけには」

「わかってる」

苛立ったように、高林が返した。

――佐渡？

そこに何の用だ？　とは思ったものの、一発殴ってやろうとした高林には隙がない。諦めて一真はきびすを返し、応接室から出た。そのまま、加龍会の本部から立ち去る。

高林が秋山の勤務する会社を狙っていると言ったが、本当だろうか。どうしても気になった。秋山の上司も襲わせているほどだし、その目的が業務に関する脅しだとしたら、すでに高林の策動は開始していることとなる。

そのきっかけが自分への横恋慕だとしたらなおさら、その責任を取らなければならないような気がした。

――調べるか。

夜道を歩きながら、一真は夜空を振り仰ぐ。新宿では高い建物が、何かと目についた。

暴力団が関係する商売というのを、組にいた時代からさんざん見聞きしていた。手法は次々と変化するが、基本は変わらない。

まずは相手の何らかの困った出来事に手助けをし、恩義を売る。弱点を握り、じわじわとその中に入っていく。その際には、暴力団とは関係のない顔をしたフロント企業をフル活用する。

いい感じに内部に食いこんだところで、暴力団はその本質を見せる。暴力と脅迫を背景に荒稼ぎをする。相手の企業のおいしい果実だけ摘み取っていくのだ。

――まずは、情報を集めねーと。

高林から秋山を守りたい。だが、家も追い出され、組も離れて一人きりだ。

自分に何ができるのかと気弱になりそうだったが、そんな自分を一真は叱り飛ばした。

〔六〕

「ただいま……」

無意識に漏らしてしまった秋山の声は、誰もいない家の中に吸いこまれる。

このところ、帰宅したときにはたいがい一真がいた。だからこそ癖で口走ってしまったのだが、今日から一人だ。

元に戻っただけなのだが、レジ袋をかさかさ鳴らしながら通り過ぎた廊下や部屋は、不思議なほどガランとして感じられた。

——俺が、出て行けって言ったから……。

怒りに任せた言葉だった。本気で出て行って欲しいと願ったわけではなく、少し距離を置きたかっただけだ。だが、こんなにもあっさりと去られるとは思っていなかった。

あの日、頭の中がぐるぐるとしてしばらく自分の部屋で頭を抱えた後に、秋山はふと家の中が静かすぎるのに気づいた。気になって一真の部屋の様子を見に行ったときに、いなくなっていることに気づいたのだ。しかも、部屋の中は綺麗に掃除してあって私物もなく、二度と戻らないと告げているみたいだった。

それから、ひたすら秋山は落ちこんでいる。

最初はいっそさっぱりしたと、思いこもうとした。裏社会との関わりが、これで切れる。だが、そう簡単に割り切れるものではなかった。時間が経つにつれて、何かと一真のことを思い出す。一真の声や表情。さらに、深くまで身体を重ねたときの、苦しそうな息遣いや、その体内の温かさ、投げ出した指先にぎゅっと力がこもったことまで。

——……ああ……。これは、失恋したときのようだな。

ここまで、重症の失恋は初めてだった。全身から力が抜けて、喪失感がものすごい。何より苦しいのは、一真が何も自分に告げずに姿を消してしまったことだ。そんなにも自分の存在は、簡単に割り切れるものだったのだろうか。

——俺から出てけって言いはしたが、だって……初めてして、……その翌日だぞ……？

もっとその身体を抱きしめたかった。肌のぬくもりを感じたかった。なのに、その対象に消えられたら、その感情の行き場がなく、ひたすら喪失感を抱えこむしかない。

何もせずにいるとひたすら落ちこんでしまいそうだったから、秋山は料理でもすることにした。

この先も一真が家にいること前提で、冷蔵庫にいろんな材料が詰まっている。一気に惣菜でも作って冷凍しておくか、と思いながら、その中身を確認していったとき、秋山の手が止まった。

マカロニグラタンの箱を見つけたからだ。

まだ一回作っただけだから、一真の好物というには早いかもしれない。だけど、とても気に入ったらしく、また作ってくれと言われていた。

すでに茹でてあるマカロニと、牛乳を入れて溶けばいいだけのホワイトソースの素が、セットになっていた。ホワイトソースを作るのは手間な上にダマになって失敗しやすいから、気楽に作るにはちょうどいい品だ。

このセットがあれば作れると答えたのを、一真は覚えていたのだろう。

——そのあと、どこで売っているのか、聞かれた。

一真がいそいそとそれを探して買いこみ、作ってもらいたくて冷蔵庫の中に入れておいたのが、ひどく可愛く感じられた。

冷やす必要はないのだから、冷蔵庫の中に入れておかなくてもいいはずだ。だが、そのあたりの区別が一真は適当だった。いろいろなものを、冷蔵庫に入れた。

さらに、一真が好きなピーナッツクリームが買い足されて冷蔵庫の中に入っているのを見つけて、秋山は胸が詰まるのを感じた。

一真はずっとここにいるつもりだったに違いない。そんな一真を、どうして自分は追い出してしまったのか。

——ずっと、……いさせてやればよかったんだ。

乱暴者で口調が荒く、住む場所すら定まっていないようだった。そんな一真と暮らすにつれて、少しずつわかってきたことがある。

あれだけ家事ができなかったのは、誰も一真にきちんと教えてやらなかったからだ。だが、教えさえすれば上手にこなす。何も知らない一真に、いろいろ教えるのは楽しかった。

——包丁使うの、すごく上手だったよな。

あれだけ普段はふてぶてしい態度なのに、料理を作ったときには、何気なく秋山の表情をうかがっているのがとても可愛い。褒めてやると、嬉しそうな顔をする。あれは、おそらく褒められ慣れていないからだ。それを感じたから、余計に秋山はたくさん褒めた。

——おいしかったからな、あいつの料理。雑だけど、何か、おいしかった……。

焼きそばのときにも、大きくざくざくと切られたキャベツに、焦げたソースだった。だけど、独特の味わいがあって、自分で作ったものよりおいしく感じられた。

『うまい？』

そう聞いてきた一真に、とてもおいしいと答えたとき、満面の笑みを浮かべたのを覚えている。じわりと涙があふれてきた。また自分に、焼きそばや野菜炒めを作ってくれないだろうか。

——違う。

秋山は自分の顔を覆った。何かを料理して欲しいわけではない。一真に戻ってきて欲しいだけだ。心ではそう思っているのに、理性はそれを許さない。部長を暴力的に襲った一真が許せない。

あれを是とする一真とは、根本的な価値観が違う。だけど、焦がれるように一真のことばかり考えてしまう。

秋山は冷蔵庫の中に、マカロニグラタンの箱を戻した。要冷蔵ではないが、一真が入れたままの形にしておきたい。

いつか一真に、これを作ってやる機会はあるだろうか。

部長は大したケガではなかったらしく、翌々日には出社してきた。頭をぶつけた後遺症もなく、休んだのはただの有休消化のようだ。

救急車を呼ばれた際に、喧嘩をしていると通報が入っていたので、警察が出てきたそうだが、結局被害届は出さなかったらしい。その理由について総務から連絡が入ると言っていたが、まだそれはない。だが、内容については、出社してきた部長と村上との会話からわかった。

「総務部が」

「そう、総務部が」

「要求に従えと」

秋山は部長の席のそばでこそこそ話している二人に近づいて、それからストレートに切り出した。

「私を『酒よし』の担当者にさせていただけませんか」

何よりこの件には、一真が関わっている。

すでに一真とは一切連絡が取れなくなっていた。

一真とはSNSでつながっていたのだが、家を出て行ったのと同じタイミングでアカウントを消したらしい。

何がどうなっているのか気になるし、一真がこの先、この件にからんで何か不正を働こうとするのだったら、それを止めなければならない。

「ああ。そうしてくれると助かる」

部長がうなずいたのに続いて、村上が哀願するように重ねた。

「そうしてください」

村上はこの先『酒よし』の担当を続けさせられるぐらいだったら、配置換えして欲しいと人事部にねじこむつもりでいたらしい。部長が襲われ、完全に逃げ腰になっている。

引き継ぎも兼ねて、秋山は別室で部長からさらに詳しい話を聞いた。

経営難に陥った『酒よし』に融資をし、実質的に乗っ取ったのは、加龍会という暴力団のフロント企業のようだ。加龍会の名は、秋山もニュースなどでたまに耳にすることがある。全国規模の組だ。

その加龍会と、秋山の勤める商社の総務部の間に関係があったらしい。

「何ですか？　その関係って」

部長は苦い表情で腕を組んだ。

「実は、八年ほど前のことらしいが、うちで規定以上に残業していた社員がいたようでな。疲れが溜まったあげくに精神を病んで自殺したという、いわゆる過労自殺の疑いが持たれていた。これが表沙汰になったら大変なことになると、考えたのが当時の社長らしい」

おそらく社員の働かせすぎに対して、世間の目が厳しくなってきたころだ。

部長は言葉を継いだ。

「遺族に訴えられて労基署の調査が入ったら、我が社の労働基準法違反が明らかになる。関係者が書類送検されたり、マスコミで大きな事件として報じられたら、トップが辞任に追いやられることもあり得る」

そこまで聞けば、裏社会との関わりについて、秋山にも想像がついた。

「――社員でなく、社長を守ったんですね」

「当時の総務部長は、社長と親しい人物だった。過労自殺をもみ消すことを加龍会に依頼し、遺族を脅して、はした金を握らせることで、訴えないという書類にサインさせた」

「悪質ですね」

秋山は正直に口にする。

社会は反社会勢力の排除、を口にしてはいるが、こんな形で彼らを利用する企業も少なくない。自分が働いている企業にもこんな裏があったのかと、秋山はがっかりした。

そして、一度反社会勢力と関係を持ったら、それをネタにずるずると抜けられない関係性へと陥っていくのだと、部長は語った。

「私も、この件を総務部長から直々に知らされて、愕然とした。この一件だけではなく、他にも何件か、加龍会の手を借りる出来事があったそうだ。だからこそ、加龍会とは穏便に終わらせて欲しい、と懇願された」

「穏便に、とはどのようなことですか？　要求通り商品を納入して、詐欺まがいに盗み取らせるのを許せ、と？」

部長は持っていた書類を秋山に差し出した。

「うちは取り引き信用保険に入っているから、損害にはならないと言われてな」

冗談じゃない、と秋山は腹の中で吐き捨てた。

「被害者ぶって届けを出せば、社には何の痛手にもならないから、要求に従え、ということですか？　しかし、取り引き信用保険の原資は、多くのまともな企業から出ているんですよ」

社に損害はなくとも、保険制度を歪ませ、反社会勢力を肥え太らせることになる。そんな詐欺行為に加担するつもりなのか、とぶつけようとした秋山だったが、部長の手が小刻みに震えているのを見て、言葉を呑みこんだ。

――そう、か。部長は。

最初は逆らおうとしていたのだ。村上に、商品の出荷をするな、と命じた。だが、おそらくはそのせいで、暴力的な脅しを受けた。

――一真に。

背筋がぞくぞくしてきた。一真は反社会勢力の一員だという思いが強くなる。こんなことがあっていいはずがない。そう思いながらも、確認してみた。

「部長は、それでいいと？」

部長は葛藤を感じさせる顔をして、秋山を見た。

「総務部長から、くれぐれも穏便にすませて欲しい、と言われている。社の今までの不正が、表沙汰になるのを恐れているようだな。私としても、君が危険な目に遭うことは避けたい」

部長の言葉にありがたさを感じながらも、秋山は即答を拒んだ。

「……少し、考えてみます」

会社勤めをしていれば、理不尽に感じる仕事はある。海外では堂々と袖の下を要求してくる官吏がいたり、それなしでは諸手続きが進まなかったりもした。郷に入れば郷に従え、という言葉を理解しているつもりだった。それでも今の日本で、反社会勢力に利する行動をするのはどうなのだと思えてしまう。どうにもモヤモヤが収まらない。秋山はぎゅっと、拳を握りしめた。


数日後。

繁華街を通り抜けて家へと向かおうとしている秋山の前に、誰かがごく自然な動きで寄りそってきた。

その艶やかな姿を目にした途端、ドキリと心臓が大きな音を立てた。

――一真……！

ほんの数日、会っていなかっただけなのに、その印象的な狼の目や、そげた頬のラインを見ると落ち着かなくなる。額に乱れかかる髪は、少し伸びただろうか。数日でそんなはずがあるわけないのに、目が離せなくなる。しかし、どうして現れたのだろうか。

一真はちらっと秋山を見はしたが、表情は硬く、敵意すら読み取れるほどだった。少し前までは、帰宅するたびに全開の笑顔を浮かべられていただけに、その違いに秋山は戸惑う。同時に、ひどくそのことに傷ついている自分がいた。

「何か用か?」

秋山のほうから話しかけていた。話したいことはたくさんあるはずなのに、どんな態度を取っていいのかすらもわからなかった。

それでも、視線を一真の横顔から離すことはできない。それだけ、自分が一真に飢えているのだと感じ取る。一真はため息をつくと、少しだけ表情を緩めてぶっきらぼうに言い捨てた。

「そんなにビクついてんじゃねーよ。何もしねーから、話を聞け」

「話ってどんな?」

「てめえの会社から。金をむしり取ろうとしてるヤクザがいるだろ。加龍会の」

いきなりその話から切り出されるとは思ってなくて、秋山は足を止めた。

「ああ」

「俺はそいつの一人に騙(だま)されて、てめえの上司を襲うことになったんだけど。今さら言い訳はしねーけど、騙されたのがクッソ忌(い)ま忌(い)ましいから、俺と共同戦線張らねーか、と誘いに来たわけ」

唐突な申し出に、秋山は戸惑った。

——騙された……？

そう言われたら、素直にその言葉を信じこみたくなる。一真が悪人であるはずがない。だが、ここでたやすく騙されて、利用されるわけにはいかないと踏みとどまる。

一真のことは信じたいが、理性がそれを邪魔していた。一真は現に部長を襲っている。その事実がある限り、一真が話す言葉をそのまま信じてはならない。

「まずは部長に、謝るのが先じゃないのか」

その言葉に、一真はフンと鼻を鳴らしてうなずいた。

「てめえに言われるまでもねえよ。もうすませてある。あのハゲのおっさんに詫びるのと同時に、俺の知ってることを洗いざらいぶちまけて、警察にでも何でも突き出せと言ったんだ。けど、それはしなくていいから、自分たちに協力しろってさ。てめえを加龍会からボディガードしがてら、ヤクザに好き勝手されないようにって情報提供して、手助けしてやれって。それもあって、仕方ねーから、てめーに会いに来たんだよ」

「本当か？」

半信半疑のまま、秋山は繁華街の路地で立ちつくしていた。一真の顔を見ているだけではその真偽がわからなかったので、部長に直接電話してみることにした。

すぐに、呼び出し音は途切れて、部長の声がした。

「秋山です。俺のところに、不審な男が来ているのですが」

そう伝えた途端、部長はピンと来たらしい。

『黒ずくめの、やたらと格好いい男だろ。そいつが私を襲った犯人だ。おまえに情報提供するように言っといたから、いろいろ聞いてみろ』

「部長に暴行した犯人だそうですが、訴えたりなさらないんですか？」

『実のところ、暴行はされていない。私が一人で転んだだけだし、正直に詫びてくれた。話を聞いてみれば、彼のほうも被害者じゃないか。加龍会のことをいろいろ知っているみたいだから、むしろ有用な使いかたができるんじゃないかな、と考えた』

「信用されているんですか」

「信用できそうな気がしたが、君がどう判断するか、だ」

部長はもちろん、秋山と一真が同居していたことを、知らない。

秋山はモヤモヤした気分のまま、電話を切った。部長がこんなことを言い出すなんて、一真を信用したとしか思えない。

——まぁ、わからないこともないけど。

ストレートに詫びた態度が、部長の心をつかんだのかもしれない。一真はガラは悪いが、憎めない。現に秋山も、彼を信用して同居までしている。だが、部長に判断を任されたので、秋山は自分の気持ちを吐き出すことにした。

でも力を貸すからな」

「共同戦線も何も、おまえはヤクザ側だろ」

「違えよ。騙された、って言っただろ。てめえが俺を信じられなくても無理はねえ。別に信用してくれなくてかまわねーけど、あのハゲのおっさんから頼まれたからには、強引にでも力を貸すからな」

「強制かよ？」

「俺がいれば、役に立つって言ってんだよ。あいつらのやり口は、よく知ってるから」

一真は一瞬だけ泣きだしそうに顔を歪めたが、すぐに真顔に戻って軽く顎をしゃくった。

「とにかく、話を聞け。あいつらが堅気の企業相手に、何を仕掛けてくるつもりなのか、だいたいわかってる。そのあたりを詳しく説明してやる」

「わかった。だけど、信用はしないからな」

一真を見ているだけで、無条件に信用しそうになる。自分は一真が好きなのだ。それでも、仕事だから冷静な判断が必要だった。だからこそ、あえてきつい言葉をぶつけている自覚があった。

「しなくていい。てめえは俺の話を材料に、ことの本質を理解しろ。自分の判断で動け」

一真は追い詰められたようなきつい目を、秋山に向けてくる。

一真にこんな顔をさせるのはつらかった。

それでも、つけこまれるわけにはいかないのだ。

ヤクザが関わる不穏な話を他人に聞かれるわけにはいかないので、秋山は悩んだ末に一真を家に招き入れることにした。どうせ、ここから目と鼻の先だ。

秋山が無言で自宅のあるタワーマンションに向かうと、一真は途中で行き先を察したらしい。マジか？　と探るような視線を向けてはきたが、それに答えないでいると黙ってエレベーターに乗りこんだ。

「上がって」

そう言って通したのは、いつものこたつのある部屋だ。

馴染みのある環境に落ち着いたことで、秋山の張り詰めた気持ちが緩みそうになる。もう加龍会のことなどどうでもいいから、帰ってきて欲しいと哀願しそうな気持ちもあった。それを抑えこむために、ことさら硬い表情になる。そんな秋山の態度を見て、一真の表情も強ばった。

切り出したのは、一真のほうからだ。

「じゃあまずは、手っ取り早く、話をするけど」

こたつで向かい合わせに座った一真が、身じろぎをした拍子に足が触れる。秋山はその感触に気を取られた。それでも、どうにか集中してみる。

一真の話では、『酒よし』にはすでに加龍会のフロント企業の役員が、融資を通じて乗りこんでいるそうだ。『酒よし』はすでに乗っ取られ、ヤツらが社内で勝手な采配を振っているのを目撃した者もいるという。

そう説明した後で、一真は両手をずぼっとこたつ布団の中に押しこんだ。

「しばらくは『酒よし』を隠れ蓑に、金になりそうな商品を大量に納入させて、適当なところで倒産させるつもりじゃねーか?」

「計画倒産ってことか」

それは、秋山の考えとも一致していた。おそらくは、秋山が勤める商社だけではなく、外の企業からも大量に納品させようとしているのだろう。

一真はさらに言葉を重ねてきた。

「あと、……一応、てめえに言っておきたいんだけど。加龍会の若頭で、高林ってヤツがいる。以前、このそばの繁華街で、てめえも顔を合わせた、派手なヤクザ」

「ああ」

やっぱり、あれはヤクザだったのか、と秋山は納得した。すごい迫力のある男だった。しかも、加龍会という、まさに渦中の暴力団の幹部だ。

「つまりだな。……ええと、今回の裏といっちゃ、裏なんだが、そいつが、俺とてめえとの関係への嫌がらせに、部長を襲うなんていう汚ねえ仕事を依頼してきやがったってわけ」

すぐにはピンと来なくて、秋山は聞き返した。

「って、どういう?」

口にしたとき、ようやく気がついた。

高林という男が一真に向けていた熱っぽい眼差しを思い出す。まさか、自分はとんでもない痴話喧嘩に巻きこまれているのだろうか。

口の中がカラカラになってくる。

「もしかして、俺とおまえが同居しているのを知ったその高林ってヤクザが、おまえに帰ってこいって意味で、俺との関係をぶち壊そうとした?」

「たぶんな。腹の立つことに、あの野郎は昔から俺に執着してる」

一真はこたつの天板に脱力したように頬を押しつけ、どうしようもねえなぁ、と漏らした。

肯定されたことで、秋山の混乱はさらに募った。

自分はただの当て馬に過ぎないのかとまで思えてくる。ここだけは絶対に問いただしておかなければならない。

「その……高林って男と、関係はあったのか?」

「ねえよ！」

だが、顔を上げて力強く即答されたことで、秋山はホッとした。所在なくなって、こたつの上に置かれていたみかんを剥きながら尋ねてみる。

「そもそも、どうしてヤクザの若頭と知り合いになったんだ？」

その質問に、一真はチラッと上目遣いで秋山を見た。それから、開き直ったように言ってくる。

「俺、元ヤクザだから」

「え？」

思わず、秋山の肩が震えた。

そうかもしれない、という予感はあったものの、実際に肯定されると想像以上の衝撃に二の句が継げなくなる。みかんを剥く手が、途中で止まってしまう。

——元ヤクザ？

どうにかそのショックを乗り越えた後で、秋山は震える手でみかんを剥き始めた。

「どうして、そんな大切なことを最初に言っておかないんだよ？」

「聞かれなかったからだろ。今は足を洗ってる」

「何で？」

「何でって、俺を組に誘ってくれた近所のおっさんが、理不尽な理由で命を落としたからな。そのおっさんの遺言が、もうヤクザなんてやめろだった。それもあって、愛想がつきた」

「……なるほど」

もっと詳しく聞きたくはあったが、一真がそれ以上は説明してくれないので、今はここまでだと自分を納得させる。

みかんを房にばらして食べ始めたところで、一真が何でもないように言ってきた。

「でさ。昔の知り合いに、組の看板背負ってはできねえような仕事を回してもらって、食い扶持にしてんだよ。痛めつける相手は半グレとろくでなしに限ってたんだけど、騙されて堅気まで手にかけるようじゃ、自分としては終わってるぜ」

「今まで、部長以外に堅気に手を上げたことはなかったのか？」

「ねえよ。あのハゲのおっさんを痛めつけようとしたのは、例外中の例外だよ。完全に俺のミスだ。確認を怠った俺が悪くもあるが、そんな罠を仕掛けやがった高林に、今はすげえ腹を立ててる。報復せずにはいられねえから、てめえにこの話を持ちかけてんだよ」

凄まれて、秋山は納得するのと同時に、かすかに胸の痛みを覚えた。

――そうか。

まだどこか心の片隅に、一真が自分への未練を捨てきれずに接触してきたのかという思いがあった。だけどそれは関係なく、一真は単純に高林に復讐をしたいだけなのだろうか。

そんな秋山から、一真はテキパキと聞き出していく。

「高林は、すでにてめえの会社に、換金性の高そうな品を注文してんだろ？　でもってそれが断られないように、事前に会社を脅してる」

「そうだ。さすがによく知ってるな」

それを受けて、一真は物騒に笑った。悪人ではないと信じているというのに、悪人面がこの上もなく似合う。そんな顔をすると、本当に綺麗だと見とれてしまう。

「けどさ。高林に目にもの見せてやる方法は、それに抵抗して商品を渡さないことじゃねーぜ。それだと、単なる防御にしかならねえ」

ぞくりとするような低い声で続けられた。

「え？」

「むしろ今回のことを利用して、高林のフロント企業を一つ、ぶっ潰してやろうぜ。高林にとっては、そっちのほうが打撃のはずだ」

それには、どう答えようか悩んだ。まだ完全に、一真への疑いが晴れたわけではないからだ。

だが、提案には耳を傾けた。

「どういうことだ？」

「『酒よし』を乗っ取ってるのは、加龍会のフロント企業の幹部だ。そいつが取り引きの現場にしゃしゃり出てきて、ああしろ、こうしろ、と詳しく指示を出すはずだ。それを逐一記録して、何かあったらその証拠とともに、警察に突き出してやるんだよ。あのハゲのおっさんの話では、てめえんとこは商品を納入することになったんだろ？　だったら、ただの取られ損にする手はねえ」

部長がそこまで一真に話していることに驚いた。

「つまり、わざと騙されて商品を奪われはするが、騙されたという証拠を一つ一つきっちり残して、計画倒産とか、取りこみ詐欺が起きたらそれを立証して、相手を逮捕させることを主目的とするってことか」

「面倒か？」

「いや。……でも少し、考えさせてくれ」

秋山は即答を避けた。

自分の一存では決められない。部長ともあらためて相談したい。

「わかった。じゃあ、どうするか決まったら、連絡してくれ」

話はすんだとばかりに一真が立ちあがる。その姿を見て、秋山は焦った。このまま、別れたくはない。

一真を信用しきれない気持ちと同じくらい、信じたい気持ちがあった。彼という人間に惹かれている。

「おまえ、これからどうするつもりなの？」

「どうって？」

「今、どこに住んでるんだ？　どうすれば連絡取れる？」

「連絡か。だったら、ＳＮＳのＩＤ、復活させておくわ」

秋山の家を出るのと同時に、それらを綺麗さっぱり消去したのを思い出したらしい。だが、秋山はそれだけでは不服だった。もっと、生の一真と触れあえる方法を残しておきたい。

上着を引き寄せる一真に、提案していた。

「何だったら、またここに住めば？」

口にした途端、しまったと思った。そこまで言うつもりはなかった。これでは未練が出すぎている。

それでも、一真の部屋はそのままにしてあった。他に住むところが決まっていないのなら、滞在してもらっても不都合はない。

理性では一真と距離を置いたほうがいいと理解していたものの、生の一真を前にすると惑わされる。どうしても一緒にいたくなる。

――他に何か理由……。

すがるように考えたとき、さらにもう一つ、思い出した。

「ほら、その、……預かっていたお金の精算もすんでないし」

「へ？　あ、……ああ、まぁ、そうだよな」

一真はすとんと座り直した。

毒気を抜かれたのか、再会してからずっと一真の表情にあった険しさが消えたようだった。

「ン。……じゃあ、しばらく世話になるわ」

軽くうなずいて、一真はこたつで丸くなる。天板に顔を乗せた姿に、秋山はホッとした。

それでも、以前とは二人の関係がどこか違っているのを感じ取る。元に戻りたいのか、それとも距離を保ちたいのかわからないまま、見慣れた頭頂部の丸さを愛しく眺めながら尋ねていた。

「メシは？　食った？」

「いや」

「だったら、俺の分と一緒に何か作ろうか」

ややもすれば、秋山の気持ちは元の関係に戻りたいと願う。一真が部長を襲ったことは、なかったことにしたい。

だが、一真に素っ気なく拒まれた。

「いや、いい」

「いい？」

断られたのは初めてだったので、秋山は硬直する。

甘くなりそうな自分とは対照的に、一真のほうにはきっぱりと一線を引いておこうという気持ちがあるようだ。

そのことを寂しく思いながらも、秋山は気持ちを引きしめた。

かくして、秋山は一真と共同戦線を張ることになった。

相談したところ、部長が全面的に賛成したからだ。

「総務部のヤツらは、昔から虫が好かん。やはり最後まで言いなりになることはないと思ってな」

部長は定年まであとわずかだ。だからこそ、社会正義を守るのだと、分厚い眼鏡をテカらせ、ハゲ頭を光らせながら言いきった。

秋山はまず第一に『酒よし』の内部の様子を記録することとし、『担当が変わった』のを理由に、その本社に乗りこむことになった。

全てを隠しカメラと音声で、証拠として残すつもりだ。

しっかりアポイントメントを取って訪問したものの、さすがにヤクザの企業舎弟が牛耳っている事務所に乗りこむのは、緊張する。

それでも、長い付き合いのある企業の担当者としてだから、何の疑いもなく本社の中に招き入れられた。事務所の片隅で応対してくれたのは、ガラの悪いスーツ姿の男だ。

普通のサラリーマンにしては、細身のスーツのデザインも、ワイシャツやネクタイの色もどこかおかしい。

秋山は事前に一真から、加龍会の企業舎弟の顔写真を見せられていた。だから、この男が小坂井だとわかった。

だが、相手の素性を見抜いたことなどおくびにも出さず、秋山はサラリーマンとして訓練された穏やかな笑みを浮かべて、名刺とともに手土産を差し出した。

「お世話になっております。担当が変更になりましたので、ご挨拶にうかがいました」

「はいはい」

小坂井はぞんざいにそれらを受け取った。だが、名刺を渡してくれない。だからこそ、秋山は丁寧に頼んでみる。

「申し訳ございません。ご担当者さまのお名刺を頂戴できますでしょうか」

「ん。……じゃあ、これ」

小坂井は名刺入れを取り出し、一枚の名刺を選んで差し出した。そこには「酒よし　営

業部長　渡部晃」とある。

だが、この男の名刺ではないはずだ。後で名刺の渡し間違い、という言い訳を使わせないためにも、秋山は名刺に視線を落として、確認作業をしておいた。

「お名前は『わたべさま』でよろしいのでしょうか。それとも『わたなべ』さま？」

小坂井は面倒くさそうに顎をしゃくった。

「わたべ、でいい」

「下の名前は」

「いーからさぁ。それよりも、うちが先日、依頼したものが納品されてねーって聞いてるんだけど」

「申し訳ございません。季節外れの台風で、船の到着が遅れてしまいました。そのことについては、ご連絡差し上げたと思うのですが」

「大きなセールを予定しているから、頼むよ？　他のところは、金を先に払わないと納品しないなんて抜かしやがって」

小坂井はガラが悪いのを隠そうともしていない。もしかしたら、これでも精一杯丁寧にやっているつもりなのかもしれない。

観察していると、脅すような視線が向けられてきた。

秋山は穏やかに、そっと笑って受け流す。にらみつけられたときの迫力なら、一真のほうが上だ。これくらいでは動じることはない。

「うちも、お金を先にいただけたら、安心して納入できますが」

企業にとって、掛け金が回収できないのが一番の問題だ。だが、小坂井は秋山の要求を一蹴した。

「うちとは、そういう取り引き条件じゃねえだろ？」

さらに小坂井は、意味ありげな言葉を重ねてくる。

「うちとは、長い間、裏での付き合いもあったらしいね。他の部署から、君によろしく、って連絡が入ってたんじゃねえの？」

企業舎弟の典型的な仕事のやりかただと、一真が言っていたのを思い出す。

少しでも相手が言いなりにならないと見ると、バックに暴力団がいるのだとちらつかせて、手っ取り早くことをすませようとするのだ。

――隠しカメラと音声で証拠を残されているとは知らず、ずいぶんとペラペラとしゃべってくれるもんだな。

そんなふうに思いながらも、秋山はさらにこの男から詐欺の証拠となる言葉を引き出しておくことにした。

そのために、真面目な顔を保ちながら、聞き返す。

「他の部署からとは、どのような？」

小坂井は猫なで声で返した。

「人事部か総務課から、ガタガタ言わずにとっとと納品しろと連絡があったんじゃないかな？」

それでも、秋山は首をひねった。

「ええと、……私に直接、……何かあったかな。確認しますか？」

スマートフォンを取り出しながら尋ねたが、小坂井は短気な男らしく、秋山の前の机をいきなり乱暴に蹴りつけて怒鳴りつけてきた。

「うるせえ！　面倒なことになると、とある組織が出てきて、てめえらに挨拶することになりかねねえってことだよ。どういう意味かは、てめえんとこの総務に聞いとけ……！」

いかにもな恫喝(どうかつ)だ。

秋山は怯えた顔を作り、恐縮した体で深々とお辞儀をして、小坂井と別れた。

最近では微妙な言い回しを使って恐喝にならないギリギリを狙う企業舎弟もいるらしいが、小坂井はそういうタイプではないらしい。

『酒よし』本社内を歩いているときにも、内部がやけにガランとして感じられた。郵便物などの仕分けが滞(とどこお)っているようだ。

すでにまともな社員は、ここから去っているのだろう。

一真は気配を感じさせない。

そんなことに、ふと秋山は気づいた。

同居を再開して、すでに一週間以上経過していた。だが、二人の関係は以前とは明らかに違って、すれ違い続けている。

一真は同居の提案を受け入れてはくれたものの、よそよそしく他人行儀だった。他に用事があるのかもしれないが、できるだけこの家にいないようにしているらしい。秋山に話しかけるのも、最低限にとどめているような感じがある。

毎晩、ここに戻ってきて眠ってはいるらしいが、朝食の時間には顔を見せず、秋山が出勤するまで部屋にいる。たまたま家にいるときでも部屋から出てこないから、滅多に顔を合わせることがなかった。当然、食事も別々にとることになる。

――幽霊みたいな、存在感の薄さだな。

以前の一真はこたつでごろごろしていたし、やたらと一緒に食事をしたがった。二人にとって夕食の時間は大切で、ＳＮＳでやりとりをしながら買い物はどうするだの、どちらが作るだのと相談していたのだが、今はそのようなメッセージのやりとりはない。

何度か食事に誘いはしたのだ。だが、どのときも「いらない」と拒まれ、秋山はやる気を失っていた。

——もう終わったってことか。

一真の態度は、明らかにそのことを伝えてきている。

自分にべったり懐いていた猫が、野良猫に戻ってしまったような寂しさがある。

すごくおいしそうに自分の手料理を食べてくれた記憶があるだけに、今の状態に秋山は喪失感を抱かずにはいられなかった。

自分はどこで間違ったのだろうか。

——わかってる。出てけって言ったから。

だが、部長を襲ってそのきっかけを作ったのは一真だ。

一真が買い置きしておいた好物のマカロニグラタンも作ってやりたいのだが、今の状態では食べてくれないとわかっていた。そのまま、日々が過ぎていく。

部長から聞いたところによれば、その後、一真は部長に頼まれたことを調べたり、打ち合わせをするために出向くことが重なって、二人は意気投合したようだ。

鍋に誘ったのがきっかけで、部長の妻もよく食べる一真のことを特別気に入っているらしい。カニが手に入ったときには、カニパーティまでしたそうだ。

——いいな、カニパーティ。俺も、……一真と鍋がしたい。

仲間に入れて欲しい。だが、秋山が部長宅の鍋に参加すると知ったら、一真は来ないだろうから言い出せない。

だからこそ、一真が全面協力してくれているこの事件の解決に集中するしかなかった。

たまに社に近い喫茶店に三人で集まって、作戦を立てていた。

そのときの一真はひどく淡々としていて、整った表情だけが目につく。

――もう、俺のこと、……心の中で切ったのかな。

秋山は鬱々とそんなふうに思うしかない。

今までは一真から積極的に迫られてきた。だが、今は全く関心がないといった態度だ。

いっそ自分のほうから、和解を切り出してみようか、とも思う。

――和解って、何だ?

いっそ、好きだと告白すればいいのだろうか。

だが、あまりにもつれない態度だけに、なかなか自分からは踏み出せない。

そもそも、自分に手を出すなと先に宣告したのは秋山のほうなのだ。

――もう、……俺じゃなくて、他の人が好きなのかな。

身じろぎをして、座り直そうと足の位置を変えたとき、ふとつま先が一真の足に当たった。

――あ。

「てめ」

反射的に、蹴り返された。

だが、その一瞬に一真が浮かべた無邪気な笑みが網膜に灼きつく。強烈な愛しさが襲ってきて、秋山は眩暈(めまい)を覚えた。このまま抱きしめたい。だが、ここは喫茶店だし、部長もいる。絶対に一真に拒まれるだろう。そう思うと、動けない。どうしたらいいのかわからない。

息苦しさに密かにあえぐ秋山を、一真は不思議そうに見ていた。

「どうした? あ、痛かったか? 弁慶(べんけい)の泣きどころにあたったりした?」

悪(わり)ぃ、と言って、一真はニヤニヤ笑った。そんな親しみのある態度に、秋山は少しホッとする。

だが、すぐに事務的な打ち合わせに戻った。

「『酒よし』は、あちこちから商品集めてるみたいだぜ。やっぱり取りこみ詐欺か、計画倒産だと思う。それを売りさばくために、大規模なセールもやるらしくて、……あ、これ、掃除のおばちゃんから入手した、そのチラシ」

一真はポケットに入れてあった紙をテーブルに置いて、折り目を広げた。

『年末大謝恩セール。本社内ガレージにて。格安販売』

そんな文字が躍る。格安スーパーのチラシのようなペラペラな紙面の片隅に、秋山の会社が納入することになっている輸入ワインやブランデーが掲載されていた。原価割れしかねないびっくり価格だから、これなら客は大勢集まるだろう。他の商品も、驚くほど安い。

「タダ同然に仕入れないと、この値段じゃ売れないな」

チラシを眺めながら部長が言う。秋山もうなずいた。

「ですね」

すでに、一真と足は離れている。

高林からの横やりが入らなかったら、一真は秋山の上司を襲うようなことはなく、二人の関係は破綻(はたん)せずにいられたかもしれない。

そう思うと、理性などかなぐり捨てて、やり直したいと今さらながらに言いたくなってくる。

だが、部長がいた。

部長の前では言えない。部長がいない自宅で言おうとしても、一真は部屋に閉じこもって出てこないのだ。

一真とは、打ち合わせだけの日々が続いている。

熱を持て余しているのは自分だけのように思えて、やるせなさばかりが募った。

ふと、自分が立ったまま道端の電信柱の陰で居眠りしていたことに気づいて、一真はハッとした。

加龍会のフロント企業のメンバーを尾行して、その立ち回り先を調べていたところだ。メンバーの一人がこの先のビルに入りこみ、また出てくるところを待っていたのだ。なのに、一瞬意識が途切れていた。

——やべえ。……最近、夜更かししてるからな。

秋山と部長は普通に昼間の仕事があるから、『酒よし』についての調べものは全て自分に任せろ、と大見得(おおみえ)を切っていた。

一人で何もかも調べるのはキツくもあったが、それくらいのことはしておきたい。何故なら、これは一真にとって贖罪(しょくざい)だからだ。

——堅気に迷惑かけた。……そういうことだけは、しねえって決めてたのに。

一真を暴力団に誘い、ガキのころからしつけたのは、植草という近所のヤクザだ。彼は自分を半端者と位置づけ、ヤクザとしての生き方を日陰のものだと規定していた。

争うのはヤクザ同士に限るし、暴力を振るうのも、ヤクザか、同じように世の中の迷惑になるはみ出し者と決めていた。

ちゃんとした規範はあったのだ。

——けど、今はヤクザが追いこまれて、いろんな仕事に手ェ出しやがる。

時代とともに変化していく暴力団が以前とは別のものになったと感じ取ったのは、植草のほうが一真よりも早かったかもしれない。

一真の所属していた組のナンバーツーでもあった植草は、新しい組長とはソリが合わなかった。義理人情を重んじて、堅気には絶対に迷惑をかけない、というのがモットーだった植草は、金儲けのためなら何でもしていい、という組長と何かと言い争うことが増えた。

一真に鉄砲玉の仕事が命じられたのも、植草に忠実な手下を減らそうという組長の意図だったのだろう。

だが、その仕事を植草が受けたと知ったのは、すでに彼が鉄砲玉の仕事をこなすために、敵対する組の本部に乗りこみ、そのボスに発砲して、その報復として撃たれて重傷となり、病院に担ぎこまれた後だった。

すわ抗争かと警察は浮き足だち、一真の面会も大勢の警察官が見守った。その中で、植草は虫の息で一真に言い残したのだ。

「もう、……組は、……前とは、違う。義理人情も、……何もねえ。……殺される前に、……てめえは離れろ。絶対に、……俺の言いつけを……守れ」

大好きだった大きな手が、最後にぐっと強く一真の手を握りしめた。それから数時間後に、植草はこの世を去った。

それから、一真は植草が自分に教えこんだことを頑(かたく)なに守り続けている。

すぐに組を離れたし、堅気に迷惑はかけない。

ずっと植草に抱いていた恋心は、そこで強引に断ち切られてしまったが、それでも彼が自分を息子のように愛していてくれたことは知っている。

だから、彼の恥にならないような生き方をしたいと思っているのだ。

——俺は意地のためなら、加龍会も敵に回すよ。

部長に詫びたい気持ちがある。それ以上に、一真のやる気を奮い立たせるのが秋山の存在だった。

共同戦線を張ったことで、秋山とまた同居することになった。極力感情は抑えているつもりなのだが、顔を合わせるだけでドキドキする。

それでも、思いあがらないように自粛(じしゅく)している。秋山と一緒に食事をとらないのは、一真にとってのけじめだった。

——あいつのおいしいメシを食べると、……心が緩みそうだから。

何もかも許されたような気分になってしまいそうだ。

だけど、それではいけない。

思いあがらず、甘えず、自分ができることをして、秋山の役に立ちたい。

——そのためには、こうして尾行。……『酒よし』の件で動いているフロント企業のメンバーを全て割り出して、ヤツらが出回る先も調べて、どの企業に食いこんでいるのか、明らかにしておく。

それに、『酒よし』の本社を張って、内部での動きを探るのも欠かしてはならない。すでに『酒よし』の入っているビルで掃除をしている女性と親しくなり、そこから出るゴミを全てチェックできるようになっている。セールのチラシを入手したのもそのルートだ。

一真はそのとき、ビルから出てきた加龍会のフロント企業のメンバーに気づき、その後から距離を置いてついていく。

部長宅にも何度も顔を出し、詳しく報告をしていた。秋山とは顔を合わせにくかったので、三人で打ち合わせをするとき以外は、部長を介して秋山に情報が届くようにしておいた。

部長はその報告を受けるたびに助言をしてくれ、ねぎらうために食事にも誘ってくれた。

——温かいな。

秋山が関係するところは、みんな温かい。

そのために力を尽くすのは、やりがいがあった。

それに、何かと一真が見直したのは秋山の働きだ。

大きな商社のサラリーマンで、海外でインフラに関わる仕事をしていた、ということまでは知っていた。だが、どこまで仕事ができるのかを理解していたわけではない。

だが、こうして一緒に仕事をしていると、秋山がどれだけ理解が速くて、仕事の要領がいいのかがわかってくる。

『酒よし』の担当者として本社に侵入もしたり、小坂井と直接連絡を取ったりもしてくれた。どんな仕事でも厭(いと)わずにしてくれるし、どう探ったらいいのかわからずに悩んでいると、思わぬ視点で打開法を教えてくれる。

——根本的に、あいつは頭がいい。

着々と、加龍会のフロント企業が不正をしている証拠を集めていく秋山の様子を見るにつけ、自分も頑張ろうという気持ちになった。

秋山に、自分も認めてもらいたい。

報われなくてもいい。ただ、彼の力になりたいのだ。毎日外を歩き回り、睡眠不足でヘロヘロだったが、ここで弱音を吐くつもりはない。

それどころか、これだけ足を使っても得られるものが少ないのが恥ずかしくて、疲れたところも見せずに、虚勢(きょせい)ばかり張っているのだ。

その日、一真が秋山のマンションに戻ることができたのは、深夜の三時ぐらいだった。

加龍会のフロント企業と関わったことがあるという男と、情報収集も兼ねて会っていたのだ。夜の仕事に関わる彼が時間が取れるのは深夜だったので、どうしても遅くなった。

——にしても引っかかるのは、……加龍会が関わっているにしては、規模がちっちぇえことだよな。

一般的には、そこそこの規模の被害総額となる。だが、今まで加龍会のフロント企業が手がけてきた仕事とは、桁が違う気がする。

奇妙な感覚を抱きながらも、たまにはそんなこともあるかな、と疑念を振り払い、一真はマンションのドアをそっと開いた。

とっくに秋山は眠っているはずだから、足音を立てないように素足で廊下を歩く。

寝不足な上に空きっ腹で飲んだ酒が回り、タクシーの中から吐きそうだった。かなり疲れも溜まっていたのかもしれない。だから、一真が真っ先に向かったのは洗面所だ。

便器に顔を突っこんで吐いたが、苦い胃液しか出ない。それでも、えずきは止まらなかった。

どうにかトイレから這い出して口と顔を洗っていたところで、人の気配を察した。顔を上げると、ドアのところにいたのは秋山だ。

ひどく硬い顔をしている。起こしたかと気になった。

「うるさかったか？　悪ぃ」

あと水をもう一杯飲んだら、とっとと部屋に戻ろうと思った。だが、だるくて立ちあが

れない。ぼんやりと洗面所の壁にもたれていると、秋山の声がした。

「遅かったな。飲んできたのか」

「そ。ちょっと昔の知り合いに会って、盛りあがっちまって。トイレ、空いたから、使ってくれ」

自分が無理をしていることを、秋山に知られたくなかった。いつでも頼りがいのある相手だと思わせておきたい。

だが、秋山はすっと動いて、一真の前に水の入ったコップを差し出してきた。しかも、二日酔いの薬つきだ。立ちあがろうにも動けなかったから、助かったと思って一真はそれを受け取った。

「ありがと。も、寝ろ」

自分にかまわなくていい。

ここには、ちょっとだけ居候させてもらっているだけだ。秋山にかまってもらう生活はひどく居心地がよかったが、それと同じ待遇を今は期待していない。

そんなふうに一真のほうは割り切っているというのに、秋山は動こうとはしなかった。何だか視線を感じる中で、一真はゆっくりと水を飲む。具合の悪さを伝えないように仕草には気をつけていたつもりだったが、コップでさえ重く感じて、少し口の横から水が滴（したた）った。

「顔色悪いけど、無理はしてないか」

「ここの照明が、薄暗いからだろ」

「部長から聞いたんだけど、いろいろ情報集めたり、尾行とかもしてくれてるらしいな。大変なようだったら、俺も有休取って付き合うけど」

秋山は深夜の一真に付き合うことにしたらしい。立ったまま話しこむ体勢にされて、一真は少し焦る。

「てめえが有休取るまでのことはねえよ。暇だから、ちょっと手伝ってるだけ」

「にしては、三面六臂（さんめんろっぴ）の活躍って聞いたぞ。無理しているんじゃないのか」

秋山の言葉に、じわりと胸が熱くなる。

一真が組にいたときは、どんなに忙しくても気遣ってくれる人はいなかった。

植草でさえ、その種の気遣いはなかった。

「別に、無理なんかしてねえ。ちょっと調子に乗って、飲みすぎただけ」

実際には忙しすぎて食欲まで落ちているほどだったが、一真は虚勢を張る。強く見せておかないとつけこまれるような環境に、ずっとあったからだ。

「そっか。なら、いいけど」

とっとと消えろ、という気配を一真が全身で発散しているためか、ようやく秋山が立ち去る様子を見せた。

「冷蔵庫にいろいろあるから、よければ好きなように食べて」

それだけ言って、秋山は部屋に戻っていく。

深夜にふと一真の気配に目を覚まして、わざわざやってきてくれたのだろう。

冷蔵庫に、一真の好きなものがいろいろ入っているのは知っていた。一真の好きな味噌汁に、ブロッコリーの茹でたもの。甘い卵にウインナー。プリン。

だけど、そのどれにも手を出していないのは、秋山の優しさに甘えてはいけないという意識があるからだ。

本当ならば、秋山に触れてみたい。両手でぎゅっと抱きしめたいし、抱き返されたい。

その代わりに、一真も頑張って皿洗いをしたり、掃除をしたり、洗濯をしたりする。

ひどく疲れてクタクタだから、甘やかされながらぐっすりと眠りたい。

秋山のおいしいご飯も食べたい。

少し前までの秋山との暮らしが、渇望とともに蘇ってきた。

だが、一真は洗面所の壁にもたれたまま、苦笑してグラスを置く。

――まだ、だ。

この件が片付いてはいない。

自分を騙し、部長を襲わせた加龍会ヤツらに報復しなければならない。ヤツらは、秋山や部長の会社に迷惑をかけているのだ。

だけど、その報復がすんだら、自分はこの家を出て行くことになるのだろう。

——ここはあくまでも、仮住まい。

そんな意識を、失ってはいけないのだ。


そして、さらに一週間が経過した。

「いよいよだな」

不敵な笑みを浮かべながら、一真が言ってくる。ずっと恋心を持て余し、お預け状態になっていた秋山は、その表情に釘付けになった。

同居再開に持ちこみはしたものの、警戒しきった野良猫のように、一真は秋山の前に姿を現さないままだった。気配だけはあったものの、その本体と遭遇できることは滅多にないということに、フラストレーションが溜まっていた。

——もっと一緒にいたいし、メシも食いたい。話もしたい。

そんな気持ちでいっぱいだった。ずっとお預けを食らっているだけに、一真に触れたくて爆発しそうだ。

この件さえ片付けば、一真と思う存分触れあえるだろうか。

だが、さすがに今日は、色恋にうつつを抜かしている場合ではないのはわかっていた。

今日は決戦の日だからだ。それもあってか、一真は珍しく秋山が出勤するときに起きだしてきて、玄関で見送ってくれた。

その顔に見とれてキスしたくなったが、そんな気配を察した時点でぶん殴られることはわかっていた。今日はしっかりしなければいけないと、秋山は気持ちを引きしめた。

「ああ、行ってくる。また、午後に」

『酒よし』の一件は今日で大詰めだ。具体的には、『酒よし』に納入した多額の商品の支払期限が今日になっている。

これまで秋山が中心になって、計画倒産の証拠を着々と集めてきた。

直接乗りこんだときの小坂井による脅しもあるし、支払いに際して諸々の覚え書きもしっかりと交わしてある。

納入のときには秋山が同行して、手渡した証拠も画像と音声で押さえておいた。

今日までに支払いがなければ、全ての証拠を持って警察に行く予定だ。すでに『酒よし』の件で他の企業からも相談が来ているらしく、警察も担当者を決め、積極的に立証しようとしていた。

今日は部長が会社の会議室を一室、押さえてある。そこに部長が一真を『コンサルタント』として招いてあった。

さらには、社の弁護士もそこに詰めてくれることになっている。支払いがあったかどうかは、経理部のコンピューターでリアルタイムでわかる。今日中に入金がなければ、すぐに社も警察も動く手はずだ。

——総務部の横やりが心配だったから、総務部長には内緒らしいけど。

すでに部長は、腹を据えていた。全ての責任は俺に取らせろ、な状況らしい。

だが、ことが動くのは、今日の入金時間を過ぎてからだ。それまでは、特にすることがない。

秋山はいつもの業務をこなしていく。

今日は時間が過ぎるのがとても遅く感じられた。一真は昼過ぎから社の会議室に詰めてくれるそうだ。もっと遅い時間でもいいとは言っておいたのだが、一真もそわそわと落ち着かないようだったから、早めに来たいのだろう。

秋山の気分も落ち着かなかった。

昼になり、何を食べようか迷う。今日は何かあったときのために、弁当かコンビニ食にして、部署にいたほうがいいだろうか。そこまでの必要はないか。そんなことを考えながらエレベーターで一階まで下りたとき、以前の課のメンバーに声をかけられた。

一緒にお昼でも、と誘われたのは、何となく相談があるからのように思えたので、外の定食屋に二人で向かう。

二人とも以前は海外インフラの仕事だったが、彼は今、発電事業部に配属されているそうだ。定食屋に落ち着いて注文をした後で意見を求められたのは、自分の担当になりそうだという新しい国内インフラ事業についてだった。

副社長肝いりで、極秘の国内大型天然ガス開発プロジェクトが進められているという。

「え?」

そのことに、秋山は驚いた。

とある大手ガス会社に、その天然ガス採掘工場を建設する予定がある。それを聞きつけた副社長が、その案件に関わろうとしている。彼の話は、そんなことだった。

「けど、日本海でのガス採掘って、いまだに技術が確立してないんじゃなかったっけ?」

秋山にとっては、それが引っかかった。

日本近海に膨大な量のメタンハイドレートが眠ってはいるものの、いまだに採掘技術や採算上の問題があって、実用化されたという話は聞かない。小規模な試掘の話を聞くぐらいだ。

「そのあたりは機密らしいけど、どうにかなったらしいんだよ。海外の技術で」

「ふぅん?」

技術は日進月歩(にっしんげっぽ)ではある。

そのことは理解していたものの、秋山には何かがしっくり来なかった。日本近海のメタンハイドレートは、資源の少ない日本を救う資源のはずだ。その実用化のメドが立ったのなら、もっと大きく業界に周知されるのではないのか。

——まだ機密情報とはいえ。

気になったので詳しく聞き出そうとしたのだが、そのあたりは副社長が独占していて、ろくに情報をくれないと彼は言った。副社長は条件を確認し、業務提携の契約をすませてから、担当である発電事業部に引き継ぐと言っているそうだ。その手順も、彼には引っかかっているらしい。

——確かに、不穏ではある。

ガス採掘のための大規模インフラに、商社が関わるケースは多くあった。資金調達だけではなく、その採掘工場を作るための各種総合機器メーカーや、採掘されたガスを運ぶ壮大な輸送インフラなどの企業をつなぐ役目として、商社は重大な役割を果たす。

定食が届いたところで、彼はため息とともに漏らした。

「副社長が極秘でことを進めて、手柄を独り占めしようとする理由はわかっているんだ。必死だからな」

「え？」

秋山の不審そうな顔に、彼は味噌汁をすすってから言ってくる。

「何、おまえ。知らないの？　副社長の、週刊誌騒ぎ」

「……知らないけど。何かあった？」

このところ、『酒よし』の件で頭がいっぱいだった。

彼は定食屋内を見回し、知っている社員がいないか確認してから、声を潜めて教えてくれる。

「副社長には、よくない噂が昔からあるんだ。いわゆる下半身がらみの悪評。売れない女優とのスキャンダルが報じられたんだけど、そのことで上層部も愛想を尽かしたらしくて、そろそろ何の役にも立たない副社長の更迭（こうてつ）がささやかれてるってわけ」

「だからこそ、この大型プロジェクトの契約を結んで、業績を飛躍的に伸ばす必要があるってことか？」

「そゆこと」

そう言われれば納得もしたが、秋山はそれでも引っかかった。

「けど、どうにもモヤモヤしないか。……俺が以前、専門家に聞いた話では、日本海でのメタンハイドレートは、数十年は無理、って話だったような」

「マジで？」

「うん。後で確かめておく。わかったら、連絡するから」

いろいろ話をしながら定食を食べ終わったころに店も混んできたので、彼とは店を出たところで別れた。

秋山は海外で公共インフラに関わっていたから、日本国内の専門家にもツテがある。自分の席に戻ってから、信用のできる技術者に電話をかけてみた。

しばらく連絡していなかったことを詫びてから、日本海でのガス採掘技術が飛躍的に進歩したのかどうか、尋ねてみた。

だが、その方面に詳しいはずの技術者は、電話の向こうでうなった。

『日本海の採掘技術が、実用化？　学会でもシンポジウムでも、そんな話、出てなかったんじゃないかな』

「大手ガス会社が関わっている、確かな話らしいんですが。海外の技術だとかで。一応、そのガス採掘技術は、社外秘だそうですが」

『海外？　いや、ここ数年、何らかの会議やシンポジウムの中で、そんな技術革命が行われた、という話はないはずだよ』

そんな返事に、秋山は不安を覚えた。

実用化には段階がある。技術開発が進み、安全性が確認され、作業環境が整備された後に採算が取れるという目星がついてようやく、実用化の可能性が出てくる。

その途中で何回か、研究発表がなされるものだが、実用化まで全てが一足飛びに、極秘のままで進められることがあるのだろうか。

その疑問をぶつけると、相手はうなった。

『全くない、ことはない。……画期的な技術革新が起きて、その発明を社内で取りこめるほどの資金力のある大企業がからんでいた場合や、国家ぐるみのプロジェクトだったケースとかね。その場合は、一切の発表なしで一気に実用化まで進む。……だけど気になるから、こちらとしても調べてみるよ』

「お願いします」

秋山は電話を切ってから、少し考えた。副社長肝いりの事業と聞いたが、本当に大丈夫なのだろうか。

直接の知り合いはいなかったが、ツテを伝って、その取引先である大手ガス会社の幹部に連絡を取ろうとしてみる。

かなりの手間はかかったが、どうにか人から人につなぎ、直接、その大手ガス会社の幹部と電話をすることに成功する。

だが、日本海でのガス採掘の話など聞いていないという返事に、秋山は絶句した。

——え？

部署が違うのではないかとか、そちらでも秘密で話が進んでいるのではとか、いろいろ突っこんで尋ねてみる。それなりの地位にある相手だったが、それでも一切知らないという答えは変わらない。

ぶしつけな質問をしたことを詫びて電話を切った後で、秋山は固まった。

——何だ、これは。

秋山は副社長を一応知ってはいる。以前やっていた海外での大きな公共インフラの仕事で、完成記念パーティのときに社を代表して挨拶にやってきたからだ。

だが英語は話せないし、技術的な話も通じない。いかにも日本流の接待が大好きで、現地では女性のいる店での売春まがいの接待を求めて、ひんしゅくを買っていた。

——あの男が副社長になったのは、創業者一族の、……ご子息とか、そんなだったような。

だが、そのとき、秋山の机で内線が鳴った。経理担当者からだ。

入金の振り込みの当日扱いは、十五時ぐらいを締め切りにしている銀行が多い。反射的に時刻を確認した。その十五時の、少し前だ。

『連絡いただいていた『酒よし』ですが、本日、間違いなく、請求額が満額、入金されています』

「えっ」

秋山は絶句した。

てっきり、取りこみ詐欺か計画倒産に違いないと考えていた。だからこそ、その対処法を整えてきたのだ。

なのに、金が払われたなんてどういうことだろう。

こちらが警戒しているのを知られたのだろうか。加龍会のフロント企業が、詐欺で立件されるよりマシだと考えて、入金したということなのか。

——だけど、そんな情報が向こうに漏れるはずが。

「それ、間違いない？」

間違いないと返事を受けてから、秋山は内線を切った。

まだ会議室のメンバーには伝えていないということだったので、秋山はそのことを自ら伝えるために会議室に早足で向かった。

会議室の中には一真と部長、そして社の弁護士がいて、お茶を飲んでいた。他に見覚えのない私服の男がいたが、警察からやってきた刑事だろうか。

彼らに予定通り入金が行われたことを伝えると、一様に絶句したのがわかった。

「どういうことだ？　あいつらが金を払うなんて」

納得できない、といった様子で一真が言う。それに秋山は答えた。

「俺も、納得いかないんだけど。どういうことだと思う？」

狐(きつね)につままれたとはこのことだ。

部長が眼鏡をグイと押し上げ、あらたまった口調で言った。

「とりあえずは詐欺行為に遭わなくてよかったというところだろうが、相手がどういう魂胆なのかわからないのが気になるな。取りこみ詐欺でよくあるみたいに、今回は信用を得ない。

るための一回目で、次が本番ということだろうか」

「うーん。そこまでの手間をかけますかね」

秋山はうなる。

チラリと刑事のほうも見てみたが、彼もこの事態を理解できずにいるようだ。

秋山は何か自分が、大切なことを忘れているのではないだろうか、という気がしてならない。

その感覚は、一真にもあるようだ。

「納得できねえな。小坂井が出てきたからには、何もなしで終わるはずがねーんだけど」

「何か、見落としていることはありませんか」

弁護士が冷静に口を挟んできたので、皆であらためて今回の行動を最初から見直すことにした。

「いったい、何なんだ？　普通にお取り引きして終わりかよ？　あいつらがそんな無駄なことに、手間かけるとは思えねーんだけど」

一真に続いて、秋山も疑問を口に出す。

「ちゃんと代金も払ってセールだなんて、それじゃあ大した儲けになりませんよね？　それこそ、赤字になりかねないほど安かったから」

会議室内に沈黙が満ちる。それぞれが思考を巡らせてみるが、加龍会のフロント企業が何を狙っていたのかなかなかわからない。

しばらく考えこんだ後で、ふと視線を感じて顔を上げた。一真がじっと、秋山を見ていた。視線が合うなり、口を開く。

「社内で変わったことはねーか?」

「それって、どういう……」

「だんだんと嫌な気がしてきたんだ。ヤツらが金を支払ったってことは、この件はヤツらにとっては本命じゃなかったってことになる。この件に注意を引きつけておいて、本命は別だった、なんて手を、あいつらがかつて使ったことがある」

「えっ? えっ?」

すぐには頭がついていかない。

会議室内を見回して、一真は説明した。

「昔から加龍会のやりかたを見てきた。あいつらがよく取る作戦なんだけど、何か派手なことをしでかして注目を引きつけておいて、本命を裏で、こっそりと進行させる。以前は敵対する組の本部に車突っこませて、相手がその処理だのなんだのでてんやわんやになったときに、幹部を刺したことがあったな」

その言葉に思い当たったのか、刑事がうめいた。

だが、その話を聞いたとき、秋山の頭にひらめいたことがあった。

――もしかして……っ！

副社長の案件だ。今日聞いたばかりでこれとは、タイムリーすぎる。

ゴクリと唾を飲みながら、秋山はその件を怖々と切り出してみた。

「うちで進めているプロジェクトなんですが。大手ガス会社が主導で、日本海でのメタンハイドレートの採掘作業に関わる――」

「それだ！」

途中で、一真が大きく声を放った。

「メタンハイドレートは、あいつらがよく使う手だ！　で、何だって？」

秋山は自分の知っている限りの情報について、説明していく。それを、部長や弁護士や刑事も身を乗り出して聞いていた。

「ですけど、その大手ガス会社の幹部に連絡してみたところ、まるでその計画のことは知らないって言うんです。このメモの人物なんですけど」

その話を受けて、社の弁護士が上擦（うわず）った声で言ってきた。

「その契約の日は、今日です」

「マジか」

一真の突っこみに、弁護士が慌てふためきながらスマートフォンを取り出した。

「私がその調印書類を確認しましたから、確かです。書類は正式のものでしたが、あくまでも社の上層部が扱う案件ということで、副社長から口外しないよう言われておりました。本日、契約を交わした後に、契約金を支払うことになっており」

「契約金って、どれくらいだよ？」

一真が口を挟むと、弁護士が一瞬ためらった後で、口にした。

「兆単位ですね」

弁護士はスマートフォンを耳に当てた。会議室内が静まり返ったのは、その電話の相手が副社長だと悟ったからだろう。

だが出ないらしく、弁護士はしばらくしてスマートフォンをテーブルに戻した。

「副社長は現在、電波の通じないところにおられるようです」

「止めねえと！」

「契約は、今日の午後と聞いています。契約と同時に、契約金を指定口座に入金することに」

その言葉に、会議室内のメンバーは浮き足だった。

まずは経理部の社員を呼んで確認を取ったところによると、副社長は本日、日本海にある大型ガス開発プロジェクトの採掘用の櫓(やぐら)に、ヘリコプターで向かったらしい。

調印後、契約金を入金するための専用端末も持っていったそうだ。セキュリティ保持のために、その口座をいじることができるのは、副社長が持った通信機器での直接操作に限られるそうだ。

入金先は海外の口座だった。おそらく金を振り込んでしまったら、国の壁と技術的な壁に邪魔されて追跡は不可能になる可能性が高いと、副社長にその機器を渡した経理の社員が言った。

「つまりは、直接、副社長が契約をしている櫓に乗りこんで止めないと、兆単位の損害が生じるってことだな？」

部長が確認すると、経理部もこれがマズい事態だと理解できてきたのか、上擦った声で肯定した。

「その通りです。とにかく、その端末がないと何もできません。口座の金は、こちらからは一切いじれません」

室内の空気が緊張しきったところで、一真が焦れて叫んだ。

「だったら、直接、そこに行くんだよ！　今すぐだったら、まだ止められるかもしれねーだろ。ボーッとしてるんじゃねえ」

「ですね。ヘリを飛ばしましょう。ええと、誰を」

部長が室内を見回したが、すぐに続けた。

「ええい。いいや。皆、乗れ！」

他の社員に事態を説明する余裕はない。とにかく、この場にいるメンバー皆でヘリに乗りこむのが一番手っとり早いと判断したようだ。

部外者のはずの一真は「皆」に自分が含まれるのかどうか、疑問だったようだ。だから、脅すように部長に言うのが聞こえてきた。

「相手はヤクザのフロント企業だ。下手したら、銃とか持ってるかもしれねえ。櫓に乗りこんだら周囲は海だから、全員皆殺しにしたところで、死体の処理も楽だろう」

「君も行ってくれ!」

部長が言った後で、刑事は自分は外れると言い出した。

警視庁と連絡を取り、できるだけ早く別途ヘリを飛ばして、現場に駆けつけると言ってくる。

怖いから警察も一緒にいて欲しいと秋山は心の奥底で願っていたのだが、そうはいかないようだ。社としては警察の準備ができるのを待つよりも、できるだけ早く駆けつけて、副社長が入金するのを止めなければならない立場だ。

そのとき、声が響いた。

「ヘリの準備ができました! 乗る人は、社の屋上に……!」

慌ただしく皆で本社ビルの屋上にあるヘリポートに向かい、ヘリが飛び立つ。

一番後ろの席に一真と並んだ秋山は、浮き足だった気分が消えないまま、窓から外を眺めた。

海外のインフラ事業を担当していたころ、視察のためのヘリに何回か乗る機会があった。さすがに都内はビルが多く、細かな建物が密集している。夜景だったらさぞかし綺麗だろう。横にいる一真を意識しながら、いつか二人でヘリから夜景を楽しみたいとぼんやりと考え、それどころではないと気を引きしめる。

――だけど、何でいきなり、こんなことに。

昼食をとっていたときには、予想もつかなかった展開だ。

行き先は治外法権に近い海の上で、そこでヤクザが待ち受けているかもしれない。兆単位の取り引きの邪魔をしたら、殺される可能性もある。

――一真以外は、……頼りにならないし。俺を含め。

秋山は乗っているメンバーを見渡した。

部長に弁護士。それに、入金のための特別端末の操作のために、経理の社員にも乗ってもらっている。

自分を含めて腕っ節は立ちそうにない。そんなへなちょこが何人集まっても、戦力としてはゼロに近い。そんな中に一真が一人混じる形だった。

自分たちが足を引っ張って、一真まで危機に陥らせないか、心配になる。そもそも一真は部外者だというのに、ここまで関わらせてしまったことに負い目を感じた。

――そうだよな。社が何兆損をしようとも、一真には何の関係もない話で……。

下手をしたら、この先の一幕でまとめて海に放りこまれかねない。そこまでの危機感や現実味はなかったが、それでもこれが最後の機会になってしまうこともあり得る。

自分たちの席が一番後ろで誰にも見られないのをいいことに、秋山はそっと一真の手の位置を探って、握りしめた。

ヘリの中は爆音がすごいから、機長たちと通信ができるというインカムとイヤホンを装着している。だが、他人に一真との会話を聞かれたくなかったから、ただ手を握ることしかできない。

一真はそれに気づいて視線を向けてきたが、振り払われることはなかった。だからこそ、秋山はその手を握り続ける。指と指をからめ、ぎゅっと力をこめた。

——好きだ。

そんな気持ちが、あらためて湧きあがってくる。

誰よりも強くて、しなやかな人。部長を襲いはしたが、その贖罪としてここまで付き合う義理はない。だが、一真は当然のように最後まで付き合おうとしてくれる。

それがどうしても不思議で、秋山は一真に上体を寄せた。

一真がしているイヤホンとインカムをずらし、耳元に直接吹きこむようにして尋ねてみる。

「何で、おまえ、ここまで関わってくれんの？」

一真はくすぐったそうに肩をすくめてから、チラッとだけ秋山を見て、唇の動きだけで答えた。

「なりゆき」

たぶん、そう言ったはずだ。

身体が近づき、腕や肩が触れあったことで鼓動が高まった。体温も上がっている。自分はまだまだ一真が好きなのだと、身体が訴えてくる。

──なりゆき、か。

それは半分正しいだろうが、残り半分は一真の意思だろう。一真には、筋が一本通ったところがあった。そこが好きだ。

──それにおまえ、部長のお気に入りだもんな。

部長と一真の出会いは最低だったが、しっかりと詫び、必要な情報を調べ、与え続けたことで、一真は部長の信頼を勝ち取ったらしい。さきほど会議室に入っていったとき、一真と部長は世間話をしていた。そのときの部長の表情は、見たことがないぐらいに穏やかだった。

「無事に帰ったら、さ」

秋山は唇の動きだけで、声に出さずに告げてみる。

「──マカロニグラタン、作るから」

これで伝わったのかどうか、わからない。だけど、それでもかまわなかった。

一真は少しだけ目をみはり、それから呆れたように唇を動かした。

何か言ったらしい。

その口の動きの中で、秋山は一つの単語を読み取った。

——フラグ?

死亡フラグを立てるな、とでも言ったのだろうか。

全く別の言葉かもしれない。だけど、秋山は苦笑した。

そんなつもりはなかったが、これが最後の言葉になるのかもしれない。ヤクザのフロント企業と対決する、ということは考えていた以上に危険なのかもしれない。身が引きしまる。

副社長が出かけたのは日本海のメタンハイドレートの採掘用の櫓、としか知らされていなかった。ヘリはその櫓を探しながら、飛んでいるらしい。

社に残されたメンバーと、メタンハイドレートが多く埋蔵されている場所について、機長が交信している音声が切れ切れに聞こえてくる。

それを一真も聞いていたらしく、不意に一真が声を発したのがインカム越しに聞こえてきた。

『機長! 見つからねーなら、佐渡のほう探してみたら?』

機長の返事は、秋山には聞き取れなかった。

あまり通信状況はよくないらしい。重ねて、一真が叫ぶ。

『佐渡だよ！　前に高林のところに乗りこんだとき、佐渡までヘリで行くって言ってたぜ！』

ほう、と前の席で部長が声を漏らす。

一真をヘリに乗せてよかったと、喜んでいるようだ。

ヘリは大きく旋回して、佐渡のあたりの海域に向かったようだ。

そこでようやく、ヘリは目的物を発見した。

秋山は窓からだんだん近づいてくる櫓を眺める。掘削リグと言われる、ドリルパイプを動かすための巨大な櫓を中心とした、海上に浮かんだ鋼鉄製の要塞だ。

ヘリポートがあって、そこに駐まっているヘリも見えた。警察のヘリではない。残念なことに、警察よりもこちらのほうが先に到着してしまったようだ。

ヘリポートは一カ所しかなかったので、そこにいた機にまずは飛び立ってもらうように交信する。艙に連絡して、着陸を許可してもらう。今のところは疑われなかったようだ。

会社の名をきちんと伝えてあるし、副社長に渡した入金のための機器に、不備があったと説明していた。

——調印はまだのようだから、間に合う……！

しばらくしてヘリポートに駐まっていたヘリが飛び立ち、代わりに秋山たちの乗ったヘリが着陸できるようになった。だが、ヘリが着陸して、その中からぞろぞろと社員が降りる段になると、出迎えたガラの悪い二人の男は、その人数の多さを不審に思ったようだ。

さらに彼らは、最後に降りてきた一真の姿に気色ばんだ。

「てめえ……っ！」

彼らから声が漏れた途端に、それに気づいた一真が電光石火の動きで拳と蹴りを叩きこみ、地面に沈めた。

その活躍に目をみはる一行に、一真はこともなげに顎をしゃくる。

「副社長、探すんだろ？」

その言葉に、ハッとして一行が動きだした。先頭に立っているのが一真で、皆はそれに従う形だ。

櫓は広く、真新しい鉄骨がピカピカとしていて本格的な造りだった。ヘリポートまで建設されているくらいだから、ここに案内されたら、まさしくここでガス採掘が行われると信じこむだろう。

試掘のための本物の設備を一時期借り受けたのか、それとも金をかけてここまで舞台装置を整えたのか、秋山にはわからない。だが、これで副社長を騙せたら兆単位の金が回収できるのだから、そのための投資としては悪くない。

そのまま、まっすぐ歩いていくと、一番開けた平坦なところに、数人の男たちが集まっているのが見えた。

見知らぬ男たちの中で、秋山はすぐに副社長を見つけ出した。まさに何かに調印しようとしているのを見て、秋山は走りだした。そうしながら、懸命に叫ぶ。

「ふく……しゃちょう……っ！　待って……ください。……サイン、…しないで……っ！」

その声が聞こえたのか、副社長がこちらを振り返った。だが、まだ十メートルはある。

副社長のみならず、周囲にいたスーツ姿の男たちの視線が一斉に秋山に注がれた。スーツを着てビジネスマン風に見せかけていた彼らだが、近づくにつれてただ者ではないことがわかってくる。

秋山が邪魔者だと判断した途端、その中の数人の表情が劇的なほど変わったからだ。彼らはまっとうなビジネスマンではないと、海外でマフィアと何度か顔を合わせたことのある秋山は即座に理解した。

「な、何だ、君は！　どうして……」

副社長は今の事態が理解できていないらしく、あわあわしている。秋山は全速力で駆け寄りながら叫んだ。

「詐欺です……！　ここでの、プラントの、計画はありません……！」

「てめえ……！」

周囲にいた男がそう怒鳴って、懐に手を差しこんだ。撃たれるのかもしれないと、秋山は肝を冷やした。

だが、秋山と彼との間に、とっさに身体を割りこませてきたのは一真だった。

素早い動きで男の手をつかんで引き寄せると、そのまま蹴り飛ばして地面に転がす。それから、さらに別の男に相対した。

副社長とにこやかに調印を交わそうとしていたのは、先日、一真と顔を合わせていたヤクザだと秋山は気づいた。

——こいつ、……高林っていう……っ！

指定暴力団の若頭、という触れこみだったはずだ。さすがに高林は腕が立つらしく、一真の拳をギリギリのところでかわした。だが、一真はそのことを予測していて、流れるような動きで蹴りを送りこむ。

それを腕でブロックする音が響き、秋山は彼らの殴り合いを呆然と見ていることしかできなかった。だが、一真は高林と組み合いながら、秋山に向かって叫んでくる。

「いいから、てめえは副社長を……！」

ハッとして副社長のほうを見ると、手をつかんで無理やり調印させられそうになっているところだった。印鑑を押してしまうと、その後の入金を阻止できたとしても幾ばくかの支払い義務は生まれるらしい。

「何が何でも、押さないでください！　副社長……！」

秋山はそう叫んでから、横に送金のための機器があるのを見つけ、そちらに向かって走った。

「てめえ、邪魔すんな……！」

副社長の周囲にいた物騒な男たちの手をかいくぐり、機器を両手につかんで距離を保ったところで、頭上でヘリの音が響き渡る。

続いて、海上保安庁の巡視船が近づいてくるのが見える。

秋山はホッとして、その場に座りこんだ。

それから、社内は大騒ぎだった。

部長を筆頭にした取りこみ詐欺防止チームは、警察だけではなく、社の上層部にも副社長が引っかかりそうになっていた詐欺事件について何度も説明することとなった。

副社長がやらかした、ということは、彼らにはすんなり理解できたようだ。

社の上層部と警察が話をして、事件を表沙汰にしない代わりに、加龍会とは完全に手を切るという方針も決まった。それもあって、警察の捜査に社としても全面的に協力する形になったようだ。

副社長は当初、自分が詐欺にかかったことを頑なに認めようとはしなかった。それくらい巧妙に仕組まれていた罠だったらしいが、さすがに警察に何度も説明されたことで、自分が大損害を出すところだったと理解したそうだ。

だが、これもあって副社長の無能さに上層部も匙を投げたらしい。おそらくは、更迭しかないだろうと、部長は言っていた。

加龍会のフロント企業の主だったメンバーは逮捕され、あの場にいた加龍会の高林も捕まったそうだ。

『だけど、あいつはしぶといから、早々に出てくるぜ』とは一真の弁だ。しかし、そんなことなどどうでもいいと思ってしまう。それよりも、気になる相手が今、自宅にいるかもしれないからだ。

——早く、帰らなくては。

そんな気持ちが、秋山を支配している。

ヘリに乗ったあの日から、今日で三日が経過していた。

ずっと、社の近くのホテルに軟禁される形になっていた。

警察で事情聴取されているときに体よくあしらわれてスマートフォンを取り上げられ、社に戻ってからも取締役会相手の会議に何度も出席させられては事情を説明させられることが重なり、なかなか一真に連絡を取れずにいた。あの櫓にいた一真も、警察で話を聞かれていたようだからあまり自由な時間はなかったのかもしれないが、とりあえず戻ってきたスマートフォンでメッセージだけは送ってある。

『一段落したら家に戻るから、そこで話をしよう。まだいなくならないでくれ』

そのメッセージは既読になってはいたが、返信はなかった。だからこそ、秋山はずっと不安を抱えている。前回のように、いきなりいなくなってしまうのではないか、と。

駅前に到着し、繁華街を抜けるころには早足になり、自分の部屋がある階にエレベーターが到着し、ドアが見えるころには走っていた。

――一真……!

まだいるだろうか。いてくれるだろうか。

祈るような気持ちで、秋山はドアを開く。

玄関に一真の革靴が置かれているのを見て、泣きだしたい気分になった。

――いる。

嬉しかった。

これから一真と、どんな話をしたらいいだろうか。自分はうまく話せるだろうか。


──そろそろ、この家から出て行かなくちゃ、いけねーころだよな。

一真は部屋の掃除をしながら、ぼんやりとそんなことを考えていた。秋山はあの事件の後、会社にこもりきりになっているようだ。一真のほうが先に解放されたから、ガランとしたマンションに戻り、借りていた服を洗濯し、シーツまで洗って、布団を押し入れに片付けた。

『一段落したら家に戻るから、そこで話をしよう』

秋山からそんなメッセージが入っていたから、出て行けという話を切り出されるのだとわかっている。

『いなくならないでくれ』とも付け足されていたが、秋山のことだから、一真が預けていた金をきっちり精算して返金したいだけなのかもしれない。

──あーあ……。本当は出てけって言われる前に、出て行きたいけど。

二度も、そんな宣告を受けるのはキツい。好きな相手だから、なおさらだ。だからこそ、秋山の留守中に出て行きたくて部屋を片付けたというのに、何かとグズグズしてしまう。

せめて消える前に、秋山の顔が見たかった。餞別に、キスの一つでも奪いとりたい。さっさと消えたほうが格好いいとわかっているのに、そんな気持ちが消えないからこそ、別れのときを引き延ばしている。

借りていた自分の部屋だけではなく、時間があったのでキッチンや風呂やトイレまで掃除し、廊下や玄関までピカピカにしたのに、なかなか秋山は戻ってこない。

仕方なく一真はキッチンカウンターの前に座りこみ、上体をもたれかけさせながら、缶ビールを飲み始めた。

自分が犯してしまった罪の詫びとして、秋山の会社が関わっている事件に手を貸したのだが、あそこまでいろいろさせてもらえるとは思っていなかった。

部外者だからと追い出されるのも覚悟していた。だが、部長は一真に『コンサルタント』の肩書きでＩＤを作って会議室に入ることを許してくれたし、警察にも一真の身分について説明してくれた。

――あのハゲのおっさん、いい人だな。

もうじき定年だから、一真の今後における身の振り方を心配して、自分と会社を興さないかとまで言ってくれたのだ。

――俺をそこまで信用してくれて、いいのかねえ。

一真の周りでは、金や女がらみで裏切ったり裏切られたりが日常茶飯事だった。上下関係でがんじがらめにしているのは、そうしないと規律が守れないからに他ならない。組と縁を切り、ずっと一人でやってきたというのに、秋山や部長と関わった後だと、もう少し他人とつるんでもいいのでは、という気がしてくる。

――あと気になるのは、高林の件か。

一度は逮捕されたらしいが、すぐ保釈になるはずだ。

高林と敵になったり味方になったりは、いつものことだ。今回の件ではさして恨みを買うとは思えないが、秋山に八つ当たりされないように注意しなければならない。

――それこそ、俺がつきっきりでボディガードしてやってもいいんだけど。

そんな理由をつけてこの家に居座るのはどうだろう、と少し考えてから、一真は苦笑いした。

未練が過ぎる。だけど、秋山の力になれたのはよかった。

最初は不信感でいっぱいだった秋山が、だんだんと一真を信用してくれているように思えてきたのだが、気のせいだろうか。

――手を握ったよな、ヘリの中で。

指と指がからまった感触に気を取られて、どんな話をしたのかよく覚えていない。あのときの心臓の鼓動は自分でも引くほどものすごかったが、それが指を通じて秋山に伝わってはいないだろうか。

——今でも、……すごく好き。あいつのこと。

秋山にふさわしい人間になりたい。だけど、どれだけ背伸びしたらそうなれるのか、一真にはわからないままだ。

秋山のそばにいると、心が安らいだ。

北風と太陽の話を思い出す。

一真が北風だとしたら、秋山は太陽だ。ぽかぽかと包みこんでくれる。一真に、自分の居場所を与えてくれる。

そう思ったら、秋山が恋しくて、てこでも動きたくなくなった。せっかく見つけた、安住の地だ。手放したくない。それでも、秋山が自分を迷惑だと思うのだったら出て行かないわけにはいかないだろう。どうしたら自分と一緒にいてくれるのかと、懸命に考えている。

——あ、でもあいつ、……マカロニグラタン、作るとか言ってなかった?

ヘリの中で、そんな話をしたはずだ。どうしていきなりマカロニグラタンなのかわからなかったが、それでも先の約束をしてくれるのが嬉しかった。

じわりと涙が湧きあがりそうになる。それを懸命に我慢していると、不意にドアのあたりで音がした。

秋山だ、と思っただけで、心臓が縮み上がって硬直する。部屋の中で息を潜めるようにしながら缶ビールを握りしめていると、だんだんとその気配が近づいてきた。

不意にパッと、キッチンの明かりがついた。

「ああ。ここにいたのか。電気もつけてないから、いないのかと思って焦った」

秋山の柔らかい声がする。

その顔を見て、泣きそうになった。さして酔ってもいないはずなのに、ここまで涙腺が弱いのはおかしい。

秋山は、床に座って足を投げ出している一真に近づいて、屈みこんだ。頰が秋山のてのひらで包みこまれる。

――え？

極めて親しげな仕草に思えた。

帰宅したばかりの手は冷たい。それでも秋山に触れられるのが嬉しくてじっとしていると、秋山の顔が近づいてくる。唇が柔らかなものに触れた。

――え？　俺？　秋山とキス……してる……？

一真は大きく目を見開いた。いったい何が起きているのだろうか。頭がついていかない。

しかも、秋山の唇はすぐには離れていかず、せがむように何度か唇の角度を変えてキスしてきた。その甘い誘惑に流されて、一真は唇を開く。待ちかねたように押し入ってくる柔らかな舌を受け止め、こちらからもからめてみる。

ずっと頭は真っ白だ。

「ッン、……っん、ん……っ」

追い出されるのだとばかり思っていたから、こんなにも情熱的なキスをされる理由がわからない。

それでも、もしかしたらこのキスが最後になるかもしれないと思うと、よりしっかりと味わっておきたくて、一真は秋山の首の後ろに腕を回した。満足するまで、舌をむさぼることにする。

ざらつく表面やぬるつく裏側にまでたっぷり舌をからめながら、薄く目を開けて、キスに没頭している秋山の顔を盗み見た。自分もどんな表情を晒しているのかわからない。本当に好きだなぁ、と思う。

唇や舌が痺れたようになったころ、ようやく唇が離れた。

はぁはぁと呼吸を整えながら、一真はぼんやりと夢見心地だった。だが、秋山のほうが先に正気に戻ったらしい。

「あ、……あの……っ」

居心地悪そうに、一真の脇で正座をした。

会うなりキスをしてしまった自分の行動に、羞恥心でもこみ上げたのかもしれない。

だが、キスでさんざん煽られた一真は、すでに抑えが利かない状態に陥っていた。もっと秋山に触れたくて、秋山の肩に手を伸ばし、顔を埋める。両手でその身体にしがみついた。

コートを着たままでも感じられる秋山の背中の筋肉とか、肩のがっしりとしたところ。その全てが好きだ。やはり手放したくない。もう一度、身体を重ねるのもありなのではないかと、欲望が暴走してしまいそうになる。

しがみついたまま少し顔を上げたら、ちょうどいいところに秋山の唇があったので、そのまま押しつけた。

まだ舌に残る余韻が、全身の熱を沸き立たせる。秋山のほうはどうなんだと、探るような気持ちで口を開くと、秋山の腕が一真の後頭部に触れ、グイと強い力で引き寄せられた。

「ッン……っ」

秋山の舌の感触を再度口腔内で味わうと、全ての余裕が吹き飛んだ。

舌先を捕らえてはからめとり、どちらのものなのかわからないほどになるまで混じり合った唾液をすする。秋山の舌がもたらす熱くてぞくぞくとする感覚が、口腔から身体の芯まで満たしていく。

「ん、……っん、ん……っ」

秋山の中にあった荒々しさが露(あらわ)になってきた。顎を固定され、深く舌を差しこまれてむさぼられる。

だけど、自分をここまで欲しがってくる秋山が、愛おしくてたまらない。

「……やる?」

キスだけでも、身体の芯のほうが疼いて収まらない。息継ぎの合間に誘うと、答えのようにまた唇を塞がれる。秋山のキスは一真の全てを奪おうとしているように激しかったから、一真のほうも全てを明け渡したくなって、だんだんと身体から力が抜けていく。

「っふ、……は……っ」

ようやく秋山の唇が離れたが、しばらくは乱れた呼吸を整えるだけでやっとだった。言葉が出てこない。

それでも、呼吸が整うなり、一真は秋山のネクタイをつかんで引き寄せた。

「あの、……さ」

「何」

秋山の目が、情欲に染まっていた。そんな目で見られると、ぞくぞくと興奮が収まらなくなる。

「俺のこと、……許してくれんの?」

「許すって、何を?」

「部長のこと」

「……許すのは、俺じゃなくて、部長だろ。部長は、……すっかり、おまえのこと、お気に入りになっているから、許すも何もないんじゃないか」

「だったら、……俺はここにいてもいいのか？」

「もちろん」

即答されて、確認せずにはいられなかった。

「……本当に？」

「もう、おまえがいないんじゃないかと、……心配した。いてよかった」

秋山にしては、ずいぶんと簡潔で言葉足らずに感じられたが、どれだけ自分のことを思ってくれていたのかが伝わってくるようだった。

——いいんだ、いても。

その事実を、一真は噛みしめる。

秋山から出て行けと言われたのが、ずっと痛みとして残っていた。

一真の手が秋山のネクタイから離れると、代わりに秋山の手が一真のシャツの中に忍びこんでくる。

素肌を探られ、その手が上のほうまで上がっていく。

かすかに尖った乳首を指でなぞられて、じわりと快感が広がった。秋山の指はそこに居座って、左右の小さな突起を何度も親指の腹でなぞってくる。

刺激を送られるたびに、そこが少しずつ存在感を増していく。

しばらくお預けされていたせいなのか、ただ乳首をいじられているだけなのに、頭が真っ白になるほど気持ちがよかった。両方の乳首に与えられる刺激が下肢までぞくぞくと響いて、全身が落ち着かなくなってくる。

早くその肝心な場所にも刺激を与えて欲しいのに、秋山の指は左右の乳首に固定されたまま動かない。

だが、乳首が硬く粒のようになったときに、剝き出しになった胸元に、秋山が顔を寄せた。

きゅっと唇で乳首をくわえられた途端に上体がのけ反って、上体をもたせかけていたカウンターの仕切りに後頭部が押しつけられる。すごく感じすぎてはいたが、せめて淫らな声を漏らすのだけはこらえようと、一真はきつく歯を食いしばった。

だが、そこに吸いついて、舌と唇でおいしそうに食まれる刺激はいつまでも止まらない。ぞくぞくと広がる快感が、全身を溶かしていく。

「っん、……っあ……っ」

その間も反対側の乳首に秋山の指が伸ばされ、ゆるゆると指先で転がされた。

こんなのは、まだほんの序の口のはずだ。そんなことはわかっているはずなのに、久しぶりに秋山に触れられたせいか、どうしようもなく感じてしまう。

軽く舌を動かされるたびにビクビクと震えるのが楽しいのか、秋山は舐めるのを止めてくれない。執拗に舐めねぶられて、身体の芯のほうがじりじりと熱くなった。

「ぁ、……あ、……あ……っ」

気づけば、自分のものとは思えないような甘ったるい声が漏れていた。

乳首を丹念に愛撫され続け、秋山の唇が全く離れてくれないことに狼狽する。このままでは乳首だけでイってしまうことになりかねず、一真は手を伸ばして、その頭を強引に胸元から引き剝がした。

「っん、……何？」

秋山と目が合う。どこか熱に浮かされたような顔だ。

こんな顔で乳首を舐められていたのかと思うと、いたたまれなくなった。

「……そこばかり、舐め……るな、……っ」

「弾力がたまんなくて。それに、……一真も気持ちよさそうだから」

恋をしているのがわかる顔で、秋山は一真を見る。

好かれているのが錯覚だとは思いたくなかったから、一真は思いきって尋ねてみることにした。

「俺で、……いいのか？」

言葉で、しっかりと確かめたい。

秋山からもらえるものはあっても、自分から秋山に渡すものがない。そんなアンバランスな関係に、一真は安住できない。

一真の言葉に、秋山は柔らかく笑った。

一真の頬に手を伸ばして包みこみ、心から愛おしそうに言ってくれる。

「……おまえが、いいんだ」

その言葉が、心臓を直撃して全身に広がっていく。

——俺が、……いい？

こんなことを言われたのは、初めてだった。

秋山の顔を凝視しすぎて、その瞳の光彩に入りこむ光の加減や、まつげの生え際まで見てしまう。

愛しげに一真を見つめながら、秋山は照れくさそうに笑ってくれた。

「ちょっと乱暴なところはあるけどさ。だけど、強くて頼りがいがあって、そんなところも好き。おまえに出て行かれたのがつらくて、逆に毎日、おまえのことしか考えられなくなっていた。出て行かれて、本当につらかった。これから一生懸命、おいしい食事も作るから、ずっとこの家にいてくれないかな」

まるでプロポーズのような言葉に息を呑む。

そんなにも秋山が、自分のことを好きでいてくれるなんて知らなかった。どうしてそんなことになったのかよくわからないが、一定の冷却期間を置いたのがよかったのだろうか。

それに、詫びの代わりに一生懸命働いたのも。

だけど、今後は少し仕事を選んだほうがいいかも、と付け加えられた。本当にその通りだ。一真は身体の熱を抑えて言ってみる。

「そりゃあ。反省してる。これからは、仕事選ぼうと思ってる。……起業に誘われたりもしてるんだぜ」

「誰から？　まさか、高林じゃないだろうな？」

しゃべっている間も、秋山は一真が可愛くてたまらないといったように頬をすり寄せ、耳朶に口づけてくる。その仕草を見ていると、秋山がどれだけ一真に飢えていたのか伝わってくるようだ。

「高林なんかと、商売するはずねーだろ。……あのハゲのおっさん。てめえの上司のこと。もうじき退職するから、俺と仕事したいって」

「マジで？」

「本気だと思う？」

「部長は知る人ぞ知る、伝説の人らしいぜ。若いころは取り引きのない海外に出かけて、ルート切り開いたとか、日本でのいろんなブームの仕掛け人だとか」

「そんなにすごい人なのかよ？」

ヤクザの興業で、一真は屋台の手伝いならしたことがある。だが、そんな伝説の人物に商売に誘われるほどの何かがあるとは思えない。

秋山はにっこりとした。

「そうらしい。その部長に声をかけられたからには、見所があるんじゃないかな」

「手下になりたくはねーから、面倒なことになるんだったら、あのハゲのおっさんとは仕事しねーからな」

しがらみは苦手なのだ。

まずは流行の飲み物屋とかもいいかもなーと言うと、秋山は笑って、毎日飲みに行くと言ってくれた。

それに気をよくして、一真はさらに言ってみる。

「あと、やっぱ今のままの正義の便利屋」

暴力的な立ち退き要求などで困っている人の側に立って、ヤクザまがいの相手と交渉してきた。今後は困っている人の側に立って商売することだけを念頭に置いていけば、秋山だって許してくれるだろう。

「どう思う？　……っ、ちょっ、……てめ……っぁ」

もう少し相談に乗ってもらいたかったのに、秋山は我慢しきれなくなったのか、一真の身体をこたつ敷きの上に移動させて押し倒し、乳首に唇を寄せてきた。そこをちゅ、ちゅっと吸いあげられると、自分でもどうかしていると思うほど身もだえせずにはいられない。

「今日は、俺にさせて欲しい」

秋山がキリッとした顔で熱っぽく言ったのが何を指すのかについては、ズボンと下着をずり下ろされたことでわかった。

性器を剝き出しにされたことに狼狽していると、秋山が軽く握りこんでくる。吐息がかかったことで、舐められるのではないかと焦った。

「それ、……しなくていいから」

どうにか秋山の下から逃れたくて、一真はずりあがろうとする。

秋山はゲイではないはずだ。無理なことをさせて引かれたくなかった。

そんなふうに思っていたのに、その先端で蜜を結んでいるものを、不意にぬるりと舐めあげられた。

「ッん、あ……っ」

思わず声を漏らすと、秋山はさらに躊躇(ちゅうちょ)なくそこに顔を寄せ、裏筋に沿って舌を這わせてくる。そのぬめぬめとした熱い舌でなぞられるとペニスがひどく張り詰め、脈打っていく。

「……っん、……ん、ん、ん……っ」

秋山の唇を裏筋や先端に感じ取る。

そこを舐められるだけで全身に力がこもり、びくびくと反応してしまう。尖らせた舌先を押しつけるように裏筋をなぞられ、蜜を宿す先端でぬるぬると舌を遊ばされたら、もうたまらなかった。

――うまくね？

そんなふうにされると、ただただ無心に反応することしかできない。眉がずっと寄せられたままで、全身が熱い。

秋山は舐める舌の動きを止めないまま、新たな提案をしてきた。

「くわえたほうがいいかな？」

秋山の口の熱さを想像してみただけで、ピクンとそこが脈打った。想像だけでこんなに追い詰められる。

「っん、…、……そう、いうの、……しなくて……いい、……から……っ」

だからこそ断ってみたというのに、秋山は否定されるとは思っていなかったようだ。未練を伝えるように、尿道口をこじ開けるように舌を使い、あふれた蜜をすすられる。

「くわえなくていいの？　不慣れではあるけど」

「しない……っ、で、……いい」

「だけど、くわえて欲しそうだけど？」

そそのかすように、根元から先端までねっとりと舐められた。

「な?」

言った後で、秋山が口を開いてそこをすっぽりとくわえこむ。

「んぁっ!」

熱いぬめりのある口腔内に、敏感なところが包みこまれた。

焦って視線を落とすと、上目遣いの秋山と目が合った。それを見てしまったことで、頭が一気に沸騰(ふっとう)する。

先端をくわえこんだだけではなく、さらに喉の奥までゆっくりと呑みこまれた。秋山の口腔内の熱さと粘膜の淫らな感触をいやというほど味わわされながら、ゆっくりと抜き出されていく。

あまりの興奮で、中にあるそれがガチガチになっているのが自分でもわかった。すぐにでも暴発しそうだ。

「っ、つ、だめぇ……っあ、……っあ、あ、あ……っ」

続けて、秋山の唇にくぷくぷとペニスをしごきあげられて、腰が揺れる。秋山にくわえられているだけでも興奮するというのに、温かな口腔内で舌が動いて、ことさら裏筋にあたるように刺激されるのがたまらない。

どうして秋山がそんなテクニックまで知っているのかと考えた瞬間、自分が秋山にした口淫に思い当たった。

自分が秋山にしたことの模倣をされているのだと気づいた瞬間、恥ずかしさと納得にぶわっと全身の毛が逆立った。

「っんぁ、……あ、……あ、……あ……っ」

かつて自分が秋山のことをくわえたことと、記憶が重なる。

どうにか我慢しようとしたが、秋山の顔が上下するたびに腰から送りこまれてくる快感が圧倒的すぎて、涙まであふれてきた。

さらに驚いたのは、そんな状態で膝の裏をつかんで押し広げられ、ひくついている体内に指まで押しこまれたことだ。

「っひ、……っぁあ、……んぁ、……あ、……っゆび、……あ……っ」

ひくついて疼いていた粘膜に与えられる硬くて長い指の感触が気持ちよすぎて、欲しがるようにからみついてしまう。そこをゆっくりとかき回されると、腰が溶け落ちそうな強烈な快感が湧きあがってくる。

その指で正確に前立腺をなぞられると、射精せずにはいられないような衝動に、ガクガクと腰が揺れた。

「っんぁ！ ……っ、あああああ、あ、あ、あ……っ！」

指で前立腺を引っかかれるたびに、操られているかのように腰が跳ねあがり、ついに射精した。

ただはぁはぁと呼吸を整えることしかできなくなった一真の中で、さらに秋山の指は淫らに動く。

「っ、んぁ、……っぁ、あ、あ……っあ……っ」

射精が終わっても、秋山の指は中に入れられたままだ。それもあって、一真の身体は落ち着かない。指が体内で動かされるたびに、射精直後の敏感な襞が過剰に反応してからみついていく。

「ダメだ、……ッ指、……一度、抜け……っ」

かすれた声で、哀願していた。だけど、秋山の指は抜けることはなく、その視線は一真の顔に据えられたままだ。

何かに取り憑かれたような、熱っぽい眼差しだ。こんな目で見つめられるなんて、少し前の自分は想像すらできなかった。

――こいつ、いつから俺のこと、こんなに好きになったの?

まるでわからなかったが、そのようなことはおいおい知っていけばいいだろう。すぐに一真の意識は、刺激を与えられている部分に引き戻されてしまう。

「……っんぁ、……っは、……んぁ、あ……っ」

「中、すごく柔らかい」

襞を押し広げるように動く指によって、そこがとても柔らかくなっているのが一真にもわかった。前回、秋山のものを入れたときも、射精直後だったはずだ。

——だったら。

思いきって、このタイミングで入れてもらったほうが身体が楽なのではないだろうか。秋山のものは大きくて硬いから、落ち着いてからだと苦労しそうだ。

だからこそ、このタイミングを逃すまいと、唇を舐めて誘ってみる。

「指、……いいから、……早く入れて……、みろよ……っ」

「大丈夫か？」

気遣うように秋山に尋ねられたが、一真は息も絶え絶えにうなずいた。

「だい……じょうぶ」

秋山のほうも限界だったのか、言うなり熱く張り詰めたものを取り出されて、性急にあてがわれる。その独特の弾力を感じ取って、ぞくっと身体が痺れた。

「じゃあ、入れるから」

先端のぬるつきをまぶすように腰を動かされ、それだけで欲しくてたまらなくなる。さらに潤滑剤を満遍（まんべん）なくペニスに擦りこんだ後で、秋山はそれを突き立てた。

「う！　……っあ……あ、……あ……っ」

入ってきた容量の分だけ、切れ切れに声が漏れる。

張り詰めた熱い硬いものが、まずはその先端まで打ちこまれる。一番太い部分をどうにかぬるっと呑みこんだ後は、杭を打つように押しこまれる形となる。

「っんぁ、……あ、あ、あ……っ」

中に秋山のものがあるだけで、平常心ではいられなかった。圧迫感と違和感にどうしても力が入って押し出しそうになるのだが、それを興奮が押しとどめる。

その熱いもので押し広げられている部分からじわじわと快楽がにじみ出し、根元まで押しこまれてゆっくりと動かされた。熱い肉の感触に、何も考えられなくなっていく。

「んは、……は……っ」

締めつけるたびに押し返してくる硬い肉の感触が、とても気持ちよくてたまらない。あまりにも圧迫感があるから、絶え間なく締めつけずにはいられなかった。中にある秋山の形が頭で思い描けそうなほど隙間なくつながっていて、こんなにも大きいのに気持ちいいなんておかしい。ぬるぬると襞がすべる。

「っんぁ、……っぁ、……あ、あ……っ」

まだ穏やかな動きだ。

それでも硬いものを中に押しこまれるのがたまらず、そうされると体内で快感が弾けた。

一真の甘い声に誘われるように、秋山の動きは少しずつスピードを増していく。

「っぁ、……んぁ、……あ……っ」

秋山が引き抜くたびにくちゅ、と水音がした。たっぷり潤滑剤を施したからか、秋山の動きはなめらかだ。秋山の形に押し広げられている感覚は鮮明に伝わってくるのに、いくら締めつけてもその動きを引き止めることができないのは、ぬるぬるしすぎているからかもしれない。

「は、……は、……は……っ」

気づけばその動きに合わせて、腰を使い始めていた。深くまで押しこまれるのに合わせて、中に力をこめたり抜いたりすると、快感が倍増する。一番奥まで押しこまれたときには、中で広がった快感が強すぎてぎゅっと力をこめてしまい、その形が中に残る。

落ち着こうとしても、どろどろに溶けた襞を秋山のものでかき回されるのがひどく気持ちよくて、その感覚に溺れたようになっていた。

ただ中に入っては抜けていく硬いものの存在だけしか、わからなくなる。

「ぁあ、……あ、……んぁ、……あ、あ、あ……っ」

自分の口から漏れているとは思えないような声が絶え間なく聞こえ、それに秋山の乱れた息遣いが重なる。

「ん」

秋山が手を伸ばして、一真の膝を抱え直した。折り曲げられた膝をさらに胸に押しつけられたことで、秋山のものがより深くまで届く。

「っぐ」

圧迫感に声が詰まったが、串刺しにされる感覚が悦楽を誘った。

「ん、ん、ん、ん……っ」

そのまま動かれて、秋山のものが身体の奥まで届く。わずかに足の角度が変わっただけなのに感じるところがひどくえぐられる形になって、鋭い快感に頭の中まで真っ白になる。中から力が抜けなくなる。

「すご、い。……締めつける」

秋山がうわごとのようにそう言って、一真の胸元にも手を伸ばした。ほどよく発達した胸筋のてっぺんで小さく尖っている乳首が秋山の指先でつまみ出され、中を突き上げる動きに合わせて指の腹であやすように転がされた。

「んぁっ！」

同時に深くまで押しこまれ、悲鳴のような声が上がった。

さらに乳首をくにくにと揉まれながら、大きく抱えあげた腰の奥まで勢いよく腰を叩きつけられるのが、ますます快感を煽り立てる。

「んぁ、……あ、……んぁ、そこ、……んん、……あっ、……すご、……んぁ、……あ、あ、あ……っ」

不自由な形に足を抱えこまれ、自分ではその足の位置を変えられない。

その状態で秋山だけが腰を動かすことで、逃すことのできない快感が強制的に送りこまれる。

秋山に突き上げられるたびに、快感が弾けた。イキたいのか、この状態で引き延ばされたいのかわからない。身体の中が快感でいっぱいになり、ジンジンと尖った乳首をつねられることで、さらに快感が底上げされる。

「んぁ……っ！」

達したい、と思ったのを読み取ったかのように秋山が突き上げるスピードを上げたので、熱っぽい目をした秋山の顔が見えた。

あえぎながらのけ反って目を薄く開けた。

一真と目を合わせながら、秋山がとどめを刺すように送りこんできた。容赦なく貫かれて、全身に甘い痺れが広がる。

しか見られない。それから目が離せなくなる。秋山のこんな顔なんて、セックスをしているとき

「っんぁ、あ、あ」

ガクガクと震えながら食いしめる体内を、秋山のものが強引に押し広げては抜けていく。

一番柔らかな部分を、秋山のそれに明け渡している。たまに切っ先が襞に引っかかるのが

気持ちよくて、そうされるたびに涎まであふれた。

突きあげられるたびに、快感が全身に満ちた。

「っんぁ、……あ、あ、……っんぁ、あ……っ」

忘我の時間が長く続く。その果てについに快感が弾けて、一真は絶頂まで押しあげられた。

「っんぁ、……あ……っ!」

頭の中が真っ白だ。どこかに押し流されそうな体感があって、ガクガクと痙攣しながら秋山の身体に膝をからめてしがみつく。

秋山も達したのが、その身体が一瞬、びくっと強ばったことでわかった。体重をかけてもらいたくて、一真は手を伸ばして下から抱きしめる。その身体の重みすら、愛おしかった。

息が整っていくにつれ、ゆっくりと快感が引いていったが、余韻は消えない。

こんなひとときが、最高に気持ちよくて好きだ。

目が覚めたとき、一真は寝室の中までおいしい匂いが漂っていることに気づいた。夜中に秋山の部屋まで移動したのだ。

甘ったるくタマネギを炒めた匂いに、肉の匂いが混じっている気がする。秋山が何か作っているのだろうか。

寝ぼけながら、これは何の匂いなのか探ろうとする。

――何だろ。カレー？　バターっぽい匂いも混じってる？

しばらく秋山の料理を食べることはなかった。事件が片付くまでは家に置いてもらったものの、必要以上に秋山に厄介になるまいとしていた。それに、加龍会とそのフロント企業の動きについて探るのが忙しかったから、家には寝るためだけに戻っていたようなものだ。

だけど、事件は解決したし、秋山はここにずっといていいと一真に言ってくれた。それに、秋山に愛されていることも確認できたような気もする。

――だから、……堂々と食わせてもらってもいいのかな？

そう考えた一真はベッドから抜け出し、部屋着を着てリビングダイニングへ向かった。ここは床暖房だから、裸足でも問題ないほど暖かだ。

身体はだるくても、気持ちは晴れやかだ。

身体は言葉よりも雄弁で、繰り返されたキスや熱っぽい眼差しによって、自分がどれだけ愛されているのか、認識できた気がする。

――俺の場所。

あらためて、そう思う。居候であっても、秋山のそばはすごく落ち着く。

リビングダイニングのドアを開けておいしそうな匂いが満ちる室内に入りこむと、気配を感じ取ったのか、キッチンカウンターの向こうで秋山が顔を上げた。

「おはよう」

少しまぶしいものを見るような、はにかんだような笑顔を浮かべられて、一真までドキリとする。こんな顔を不意に見せつけられるなんて、心臓に悪い。

一真はキッチンカウンターに近づき、そこに腕を突っ張って中をのぞきこんだ。

「おはよ。……何作ってんの？」

秋山はフライパンに向かっている。まな板と包丁が出され、何かを切った痕跡があった。生タマネギの匂いがかすかに漂っている。

秋山はフライパンで炒める手を止めずに、言ってきた。

「とっておきのもの」

「って何？」

「誰かさんが、冷蔵庫に入れておいたやつ。朝から少し重いかもしれないけど、食欲あるよな？」

謎を解くほどのことはなく、キッチンのシンクの横に見覚えのある箱が置いてあった。

一真は思わず目を輝かせる。

「ああ、朝から食える」

秋山が自分の好きなものを覚えていて、なおかつ作ってくれるのが嬉しかった。一真はキッチンカウンターを回りこみ、自分より少しだけ背の高い秋山の肩に、顔を埋めるようにして抱きつく。

「あのさ、俺。……これからも、ここで暮らしていいの？」

好物を食べるのも楽しみだったが、自分の好きなものを作ってくれる気持ちが嬉しい。

「もちろん」

即答してくれた後で、秋山はフライパンにどぼどぼ牛乳を注ぎながら提案してきた。

「ここにあるものは今まで通り、何でも使っていいんだけど、何だったら今日、買い物に行かないか？　必要なものとかあるだろ」

「俺、あるものでだいたい暮らせるつもりなんだけど」

他人の家に滞在することが多いから、借りられるものか、捨てられるもの以外は持たない。

そんな一真に、秋山は肩越しに顔を向けた。

「それはわかるんだけど、それだと怖くて」

「どういうこと？」

「前におまえがいなくなったときにさ。すっぱりものが消えてて。おまえのいた痕跡がなくなってた。その光景が、とんでもなくショックだった。……いろいろおまえのものをここで増やしたら、そう簡単にはいなくなれない気がしてさ」

「えっ」

秋山が思いがけずに可愛いことを言い出すことに、一真はキュンとした。

部長の件で決裂し、出て行けと言われたのは一真にとってかなりのダメージだったが、秋山にとってもそうだったのだろうか。

思っていた以上に秋山の情が深いことを認識して、ずきずきと心臓のあたりが疼く。だけど、一応言っておく。

「自分のものが増えようが何だろうが、俺は消えるときには完全に捨てて消えるからな？」

自分用のマグカップや箸。食器。ビール用のグラス。

そんなものをわざわざ欲しいと思ってはいなかったはずなのに、秋山の家の食器棚にそれらが並ぶことを思うと、じわじわと嬉しくなる。そうしたくなった。

「――けどま、……買い物、付き合ってもらおうかな」

秋山がこう言っているのだ。

自分のものをそろえるのも、悪くはない気がする。

秋山が嬉しそうに笑って、耐熱皿にグラタンを注いでいく。
もうじき、最高のご飯も食べられることだろう。
そう思うと、一真の頬は最高にほころんだ。

あとがき

このたびは、「同居人は猫かぶり?～(元)ヤクザは好きな人に愛されたい～」を手に取っていただいて、本当にありがとうございます。

今回はオラオラ受が書きたいなぁ。オラオラ受がノンケリーマン好きになっちゃって、猫かぶって近づくの楽しいなぁ、っていう妄想から書きました。そんなあたりが、タイトルに全部出てます。

受が乱暴者なのがとても好きで！　そんな受が攻にだけは弱くて、「ここまで乱暴者だと引かれるよな」って考えて、攻の前ではか弱いふりをしてるんだけど、ひょんなことでそのこと第三者にバラされそうになって、般若の顔で「てめえ、バラすな、殺す」とかってにらみつけるのが大好物なので、今回そのあたりも書きました。だいたい、私の話は書きたいシーンがあって、それが書けるようにこてこて作り上げていく形です。そうじゃないケースもありますが、今回はそのパターンです。ですが、たまに書きたいシーンから話を作り上げていくと、話の整合性上、「あれ？　このシーン、必要なくね？」って最初に書きたかったシーンを削ることになることもあるのですが、今回は全部入ってます。やった……！

　ということで、お楽しみいただければ幸いです。やたらとヘリが出てくるのも、私の話の特徴です。ヘリも好きです……。かつてクリスマスの夜、水戸泉さんとヘリ乗って、東京の夜景を堪能したことがありますよ（この話はどこかでしたので略）

　このお話に、最高に素敵なイラストをつけていただいた、れの子さま。本当にありがとうございます。セクシーで乱暴者感のある一真と、秋山がとても素敵です。ありがとうございました！

　担当さまも、いつもいつもありがとうございます！

　そして何より、読んでくださった皆様に、愛と感謝を。ありがとうございました！

本作品は書き下ろしです

バーバラ片桐先生、れの子先生へのお便り、
本作品に関するご意見、ご感想などは
〒101-8405
東京都千代田区神田三崎町 2-18-11
二見書房 シャレード文庫
「同居人は猫かぶり？～(元)ヤクザは好きな人に愛されたい～」係まで。

同居人は猫かぶり？～(元)ヤクザは好きな人に愛されたい～

【著者】バーバラ片桐

【発行所】株式会社二見書房
東京都千代田区神田三崎町 2-18-11
電話 03(3515)2311[営業]
03(3515)2314[編集]
振替 00170-4-2639
【印刷】株式会社 堀内印刷所
【製本】株式会社 村上製本所

落丁・乱丁本はお取り替えいたします。
定価は、カバーに表示してあります。

ISBN978-4-576-20058-3

https://charade.futami.co.jp/

今すぐ読みたいラブがある！

中原一也の本

翼を見せろ。お前の美しい黒い翼を

虹色の翼王は黒い孔雀に花嫁衣装をまとわせる

イラスト＝奈良千春

羽の色で階級が分けられている孔雀人間の社会。最下位の黒い羽をもつリヒトは、最上位の虹色の羽をもつルークのつき人を命じられる。同じ虹色の相手と生殖できるよう奉仕するのだ。傲慢だが、ある時危険を顧みずに助けてくれたルーク。不吉な黒い羽を救う必要などないのになぜ、とリヒトの心は揺れ動くが…。

今すぐ読みたいラブがある!

夢乃咲実の本

この瞳は、いつでもこんなふうに優しくて――

類稀な容姿を頼みに幼い弟分とその日暮らしを送るルーイ。医者のハクスリーの元で、不眠の彼のため歌を歌うことに…。優しく温かい人柄だが、生活力に難ありなドクターの身の回りの世話をし、夜は記憶の片隅にある歌を歌う。やがてその歌声は周囲の耳目を集めることになるが、自分の過去を知られたくないルーイは…。